AO REDOR DA LUA

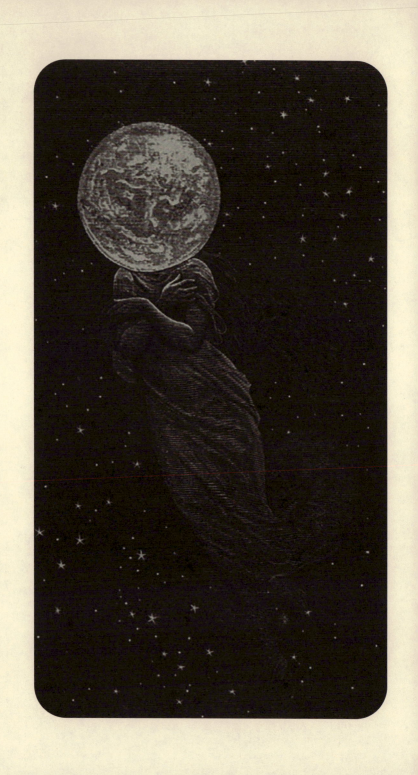

Jules Verne
AO REDOR DA LUA

ILUSTRAÇÕES ORIGINAIS
Émile Bayard e Alphonse de Neuville

GRAVURAS ORIGINAIS
Henri Théophile Hildibrand

TRADUÇÃO
Sofia Soter

Ao redor da Lua

TÍTULO ORIGINAL:
Autour de la Lune

COPIDESQUE:
Bruno Alves

CAPA:
Mateus Acioli

REVISÃO:
Beatriz Ramalho
Suelen Lopes

ILUSTRAÇÃO DE CAPA:
Victor Maristane

DADOS INTERNACIONAIS DE CATALOGAÇÃO NA PUBLICAÇÃO (CIP)
DE ACORDO COM ISBD

V531a   Verne, Jules
Ao redor da Lua / Jules Verne ; traduzido por Sofia Soter ; ilustrado por Émile Bayard, Alphonse de Neuville. - São Paulo : Aleph, 2025.
256 p. : il. ; 14cm x 21cm.

Tradução de: Autour de la Lune
ISBN: 978-85-7657-712-6

1. Literatura francesa. 2. Ficção. I. Soter, Sofia. II. Bayard, Émile.
III. Neuville, Alphonse de. IV. Título.

2025-132   CDD 843
                      CDU 821.133.1-3

ELABORADO POR ODILIO HILARIO MOREIRA JUNIOR – CRB-8/9949

ÍNDICES PARA CATÁLOGO SISTEMÁTICO:
1. Literatura francesa: ficção 843
2. Literatura francesa: ficção 821.133.1-3

COPYRIGHT © EDITORA ALEPH, 2025

TODOS OS DIREITOS RESERVADOS.
PROIBIDA A REPRODUÇÃO, NO TODO OU EM
PARTE, ATRAVÉS DE QUAISQUER MEIOS.

Rua Bento Freitas, 306 - Conj. 71 - São Paulo/SP
CEP 01220-000 • TEL 11 3743-3202
www.editoraaleph.com.br

 @editoraaleph
 @editora_aleph

AO REDOR DA LUA

PRÓLOGO

RESUMINDO A PRIMEIRA PARTE DESTA OBRA E SERVINDO DE PREFÁCIO À SEGUNDA

Durante o ano de 186-, todo o mundo se comoveu sobremaneira com um experimento científico sem precedentes nos anais da ciência. Os membros do Gun Club, uma sociedade de artilheiros fundada em Baltimore após a Guerra de Secessão dos Estados Unidos, tiveram a ideia de se comunicar com a Lua — sim, com a Lua — por meio do disparo de uma bala de canhão. O presidente Barbicane, promotor da empreitada, após consultar os astrônomos do Observatório de Cambridge, tomou todas as medidas necessárias para o sucesso da empreitada extraordinária, declarada plausível pela maioria das autoridades competentes. Depois de estimular uma arrecadação de fundos pública que acumulou quase 30 milhões de francos, teve início o projeto gigantesco.

Seguindo as recomendações redigidas pelos membros do Observatório, o canhão destinado a lançar o projétil deveria ser instalado em um país entre 0° e 28° de latitude norte ou sul, a fim de mirar no zênite da Lua. A bala deveria ser disparada em uma velocidade inicial de 12 mil jardas por segundo. Lançada no dia 1° de dezembro, às 22h46min40s, deveria chegar à Lua quatro dias após a partida, precisamente à meia-noite do 5 de dezembro, no instante exato em que o astro se encontrasse no perigeu, isto é, na distância mais próxima da Terra, exatas 86.410 léguas.

Os principais membros do Gun Club — o presidente Barbicane, o major Elphiston e o secretário J. T. Maston — e outros estudiosos se reuniram diversas vezes para discutir a forma e composição da bala, a disposição e natureza do canhão, a qualidade e quantidade da pólvora. Decidiu-se: 1. que o projétil seria um obus de alumínio de 108 polegadas de diâmetro e doze de espessura, pesando 19.250 libras; 2. que o canhão seria um columbíade em ferro fundido com novecentos pés de comprimento, moldado diretamente na terra; 3. que a carga utilizaria 400 mil libras de algodão-pólvora que, desenvolvendo 6 bilhões de litros de gás sob o projétil, o impeliriam sem dificuldade até o satélite.

Com as questões decididas, o presidente Barbicane, com auxílio do engenheiro Murchison, optou por um local situado na Flórida, em 27° 7' de latitude norte, e 5° 7' de latitude oeste. Foi em tal lugar que, após obras impressionantes, o canhão foi fundido com sucesso absoluto.

Nesta altura, um acontecimento multiplicou em cem vezes o interesse pelo enorme empreendimento.

Um francês, um parisiense fantasioso, um artista tão espiritual quanto audacioso, pediu para se enfiar na bala de canhão, chegar à Lua e conduzir um reconhecimento do satélite. Tal aventureiro intrépido se chamava Michel Ardan. Ele chegou à América, foi recebido com entusiasmo, apresentou-se em comícios, foi erguido em triunfo, reconciliou o presidente Barbicane com seu inimigo mortal, o capitão Nicholl, e, como medida de reconciliação, os convenceu a embarcar também no projétil.

A proposta foi aceita. Modificaram a forma da bala, que se tornou cilíndrico-cônica. Adaptaram tal vagão aéreo com molas potentes e compartimentos sensíveis de modo a amortecer o ricochete do disparo. Carregaram no projétil comida para um ano, água para alguns meses e gás para alguns dias. Um aparelho automático fabricava e proporcionava o ar necessário para a respiração dos três passageiros. Ao mesmo tempo, o Gun Club construiu em um dos cumes mais altos das Montanhas Rochosas um telescópio gigante que possibilitaria acompanhar o projétil no trajeto através do espaço. Estava tudo pronto.

Em 1º de dezembro, na hora determinada, em meio a uma multidão de espectadores extraordinários, ocorreu a partida e, pela primeira vez, três seres humanos deixaram o globo terrestre e se jogaram pelo espaço interplanetário, tendo quase certeza de chegar ao destino. Os viajantes audaciosos — Michel Ardan, o presidente Barbicane e o capitão Nicholl — deveriam efetuar o trajeto em 97 horas, treze minutos e vinte segundos. Por consequência, a aterrissagem na superfície lunar só poderia ocorrer à meia-noite do 5 de dezembro, no instante em que a Lua estaria cheia, e não no 4, embora os jornais mal-informados anunciassem a última data.

Entretanto, houve uma consequência inesperada: a detonação do canhão perturbou no mesmo instante a atmosfera terrestre, acumulando uma quantidade enorme de vapor. O fenômeno incitou a indignação geral, pois a Lua passou várias noites coberta dos olhares dos observadores.

O digno J. T. Maston, o amigo mais valente dos três exploradores, seguiu para as Montanhas Rochosas, acompanhado do honrado J. Belfast, diretor do Observatório de Cambridge, e se dirigiu à estação de Longs Peak, onde se erguia o telescópio que aproximava a Lua à distância de duas léguas. O honrado secretário do Gun Club queria observar com os próprios olhos o veículo dos amigos corajosos.

O acúmulo de nuvens na atmosfera impediu qualquer observação nos dias 5, 6, 7, 8, 9 e 10 de dezembro. Acreditou-se até que a observação deveria ser retomada apenas no 3 de janeiro do ano seguinte, pois a Lua, que entrava no quarto minguante no dia 11, passaria a apresentar apenas uma porção decrescente do disco, insuficiente para acompanhar o rastro do projétil.

Enfim, para a satisfação geral, uma tempestade forte limpou a atmosfera na noite do 11 ao 12 de dezembro, e a Lua, parcialmente iluminada, recortou com nitidez o fundo escuro do céu.

Naquela mesma noite, um telegrama foi enviado por J. T. Maston e Belfast, da estação de Longs Peak, aos membros do Observatório de Cambridge.

Ora, o que o telegrama anunciava?

O anúncio era o seguinte: no 11 de dezembro, às 20h47, o projétil lançado pelo canhão de Stone's Hill fora notado pelos srs. Belfast e J. T. Maston; a bala, desviada por um motivo desconhecido, não chegara ao destino, mas passara perto o bastante para ser detida pela atração gravitacional lunar; seu movimento retilíneo fora transformado em movimento circular e, então, carregada em órbita elíptica ao redor do astro, se tornara um satélite.

O telegrama acrescentava que os elementos desse novo astro ainda não tinham sido calculados; afinal, três observações, avaliando o astro em três posições, são necessárias para determinar tais elementos. Indicava também que a distância entre o projétil e a superfície lunar "poderia" ser avaliada em cerca de 2.833 milhas.

No final, apresentava a dupla hipótese: ou a atração da Lua acabaria por puxar o projétil, e os viajantes, por chegar ao destino; ou, mantida em órbita imutável, a bala gravitaria ao redor do disco lunar até o fim dos tempos.

Considerando as duas alternativas, qual seria o destino dos viajantes? Era verdade que tinham alimentação por algum tempo. Porém, mesmo supondo o sucesso da empreitada arriscada, como voltariam? Será que voltariam? Será que dariam notícias? Tais dúvidas, debatidas pelos textos mais sábios da época, apaixonavam o público.

Convém, aqui, fazer um comentário a ser considerado pelos observadores apressados. Quando um estudioso anuncia ao público uma descoberta apenas especulativa, é preciso agir com extrema prudência. Ninguém é obrigado a descobrir planetas, cometas, nem satélites, e quem se engana em tais casos se expõe à zombaria do público. Portanto, é melhor aguardar, e foi isso que o impaciente J. T. Maston deveria ter feito antes de espalhar pelo mundo esse telegrama que, de acordo com ele, seria a última palavra da empreitada.

Na realidade, o telegrama continha dois tipos de erro, embora tenham sido corrigidos mais tarde: 1. Erros de observação relativos à distância entre o projétil e a superfície lunar, pois, no 11 de dezembro, seria impossível medi-lo, e o que J. T. Maston viu ou acreditou ver não tinha como ser a bala do canhão; 2. Erros teóricos sobre o destino reservado ao projétil em questão, pois fabricar um satélite lunar era uma contradição absoluta com as leis da mecânica racional.

Uma só hipótese dos observadores de Longs Peak poderia se concretizar, aquela que previa o caso dos passageiros — se ainda vivos — combinarem suas forças com a atração gravitacional lunar, de modo a atingir a superfície do satélite.

Ora, esses homens, tão inteligentes quanto ousados, tinham sobrevivido ao terrível ricochete do disparo, e é a viagem deles no canhão-bala que será contada aqui nos detalhes mais dramáticos e singulares. Este relato destruirá muitas ilusões e previsões, mas dará uma noção precisa das peripécias reservadas a uma empreitada semelhante e destacará os instintos científicos de Barbicane, os recursos industriosos de Nicholl, e a audácia bem-humorada de Michel Ardan.

Ademais, provará que seu digno amigo, J. T. Maston, perdia tempo ao, debruçado no telescópio gigantesco, observar a travessia da Lua pelo espaço estelar.

1
DE 22H20 A 22H47

Quando soaram as 22h, Michel Ardan, Barbicane e Nicholl se despediram dos diversos amigos que deixariam para trás. Os dois cães, destinados a aclimatar a raça canina nos continentes lunares, já estavam aprisionados no projétil. Os três viajantes se aproximaram do orifício do enorme tubo de ferro, e um guindaste os abaixou até a ponta cônica do pelouro.

Lá, uma abertura feita para tal fim lhes serviu de acesso ao vagão de alumínio. Após içar as roldanas do guindaste, a boca do canhão foi liberada dos últimos andaimes sem demora.

Nicholl, tendo entrado com os companheiros no projétil, se dedicou a fechar a abertura por meio de uma placa forte sustentada, por dentro, por parafusos de pressão potentes. Outras placas adaptadas e firmes cobriam o vidro lenticular das janelas. Os viajantes, hermeticamente selados na prisão de metal, mergulharam em profunda escuridão.

— E agora, caríssimos amigos, fiquemos à vontade — disse Michel Ardan. — Sou um homem muito caseiro e entendo tudo de assuntos domésticos. Temos de aproveitar ao máximo nossa nova moradia e nos sentir em casa. Para começar, vamos enxergar melhor. Ora! O gás não foi inventado para toupeiras!

Dito isso, o sujeito despreocupado acendeu um fósforo esfregando-o na sola da bota; em seguida, aproximou a chama do bico fixo no recipiente de hidrocarboneto engarrafado sob pressão, que poderia servir para iluminar e aquecer o projétil durante 140 horas, ou seja, seis dias e seis noites.

O gás acendeu. Assim iluminado, o espaço se revelou um cômodo confortável, de paredes estofadas, mobiliado de sofás circulares e cujo teto era uma abóbada arredondada.

Os objetos contidos — armas, instrumentos, utensílios —, bem presos e sustentados no forro capitonê, deveriam suportar impunes o choque do disparo. Tomou-se todas as precauções possíveis para que um experimento tão temerária desse certo.

Michel Ardan examinou tudo e declarou estar bem satisfeito com a instalação.

— É uma prisão, mas, se for para ficar em uma prisão que viaja, com o direito de enfiar a cara na janela, aceito até uma pena de cem anos! Está sorrindo, Barbicane? Tem segundas intenções? Está achando que essa prisão pode muito bem ser nosso caixão? Que seja um caixão, mas não o trocaria nem pelo de Maomé, que flutua no espaço e não anda![1]

Enquanto Michel Ardan falava, Barbicane e Nicholl cuidavam dos últimos preparativos.

O relógio de Nicholl marcava 22h20 quando os três viajantes se fecharam de vez no projétil. O relógio estava sincronizado com precisão ao do engenheiro Murchison, até os décimos de segundo. Barbicane o consultou.

— Amigos, são 22h20 — declarou. — Às 22h47, Murchison liberará a faísca elétrica no fio conectado à carga do canhão. Neste momento preciso, abandonaremos nosso esferoide. Portanto, ainda temos 27 minutos na Terra.

---

1. Referência a uma história aparentemente inventada por Embrico de Mainz em seu Vita Mahumeti, alegando que muçulmanos acreditavam que o caixão de Maomé flutuava. [N. T.]

— Na verdade, 26 minutos e treze segundos — retrucou Nicholl, metódico.

— Ora! — exclamou Michel Ardan, bem-humorado. — Em 26 minutos, dá para fazer coisa à beça! Dá para discutir as questões morais e políticas mais graves, quem sabe até solucioná-las! Digo que 26 minutos bem aproveitados valem mais do que 26 anos sem fazer nada! Alguns segundos de Pascal ou Newton são mais preciosos do que toda a existência da massa indigesta de imbecis...

— E qual é sua conclusão, seu tagarela eterno? — perguntou o presidente Barbicane.

— Minha conclusão é que temos 26 — respondeu Ardan.

— Apenas 24 — disse Nicholl.

— Muito bem, 24, meu caro capitão, se assim insiste — respondeu Ardan. — Serão 24 minutos durante os quais poderíamos aprofundar...

— Michel — interrompeu Barbicane —, durante a travessia, teremos todo o tempo necessário para nos aprofundarmos nas questões mais árduas. Agora, vamos tratar da partida.

— Não estamos prontos?

— Sem a menor dúvida. Mas ainda há algumas precauções a tomar para atenuar, dentro do possível, o primeiro choque!

— Não temos aquelas camadas de água dispostas em compartimentos que quebrarão e cuja elasticidade será suficiente para nos proteger?

— Espero que sim, Michel, mas não tenho certeza! — respondeu Barbicane, delicado.

— Ah! Que piadista! Ele espera! Não tem certeza! E espera estarmos todos enclausurados para essa confissão deplorável! Quero ir embora! — exclamou Michel Ardan.

— E por qual método? — retrucou Barbicane.

— De fato, é difícil! — disse Michel Ardan. — Estamos no trem, e o apito do maquinista soará em menos de 24 minutos...

— Vinte — corrigiu Nicholl.

Por alguns instantes, os três viajantes se entreolharam. Em seguida, examinaram os objetos aprisionados com eles.

— Está tudo no lugar — disse Barbicane. — Agora, devemos decidir como nos posicionar de modo mais útil para aguentar o choque. A posição não é indiferente e, dentro do possível, é preciso impedir que o sangue suba com violência demais à cabeça.

— Certo — disse Nicholl.

— Então — sugeriu Michel Ardan, pronto para dar o exemplo do que dizia —, fiquemos de ponta-cabeça, como os palhaços do circo!

— Não, mas deitemos de lado. Assim, vamos resistir melhor ao choque. Percebam que, no momento da partida do projétil, dá no mesmo estarmos na frente ou no fundo — disse Barbicane.

— Se der "no mesmo", fico tranquilo — retrucou Michel Ardan.

— Aprova minha ideia, Nicholl? — perguntou Barbicane.

— Sem dúvida. Ainda temos treze minutos e meio — respondeu o capitão.

— Esse Nicholl deixou de ser homem e virou um relógio de segundos, escapamento e oito furos...! — exclamou Michel, mas os companheiros não o escutavam mais, tratando das últimas disposições com sangue-frio inimaginável.

Mais pareciam dois viajantes metódicos, embarcados no vagão, procurando se instalar com o máximo de conforto possível. Perguntamos, sinceramente, o que esses americanos têm no coração, para que a chegada do perigo mais horripilante não os afete sequer a pulsação!

Três colchonetes, grossos e bem-preparados, tinham sido guardados no projétil. Nicholl e Barbicane os dispuseram no centro do disco que servia de piso móvel. Ali deveriam se deitar os três viajantes alguns momentos antes da partida.

O gás está aceso.

Enquanto isso, Ardan, que não conseguia ficar parado, dava voltas na prisão estreita como uma fera enjaulada, discutindo com os amigos e falando com os cães, Diana e Satélite, aos quais, como vemos, ele dera esses nomes significativos já fazia algum tempo.

— Ei! Diana! Ei! Satélite! — gritava, para animá-los. — Vocês vão mostrar para os cães selenitas os bons modos dos cães terráqueos! Vão ser a honra da raça canina! Nossa! Se um dia voltarmos para a Terra, quero trazer uma cruza de *moon dogs*. Vai ser o maior furor!

Diana e Satélite.

— Isso se houver cães na Lua — retrucou Barbicane.

— Haverá, assim como cavalos, vacas, asnos e galinhas. Aposto que encontraremos galinhas! — afirmou Michel Ardan.

— Aposto cem dólares que não — disse Nicholl.

— Apostado, meu capitão — respondeu Ardan, apertando a mão de Nicholl. — Por sinal, você já perdeu três apostas com nosso presidente, pois os recursos necessários para o empreendimento foram arrecadados, a fundição teve sucesso e o canhão foi carregado sem acidentes, em um total de seis mil dólares.

— Isso mesmo — respondeu Nicholl. — Dez horas, 37 minutos e seis segundos.

— Certo, capitão. Ora, em menos de quinze minutos, você ainda vai precisar pagar ao presidente 9 mil dólares. Quatro mil porque o canhão não explodirá e 5 mil porque o projétil ultrapassará seis milhas de altura.

— Estou com o dinheiro — respondeu Nicholl, batendo no bolso do terno. — Só falta pagar.

— Então, Nicholl, vejo que você é um homem organizado, o que nunca consegui ser, mas, em suma, você fez uma série de apostas pouco vantajosas, se me permite opinar.

— Por quê? — perguntou Nicholl.

— Porque, se você ganhar, foi porque o canhão e o projétil explodiram, e Barbicane não estará mais vivo para reembolsar os dólares.

— O valor da minha aposta está depositado no banco de Baltimore — respondeu Barbicane, simplesmente — e, caso não possa ir para Nicholl, passará para os herdeiros dele!

— Ah! Que homens práticos! — exclamou Michel Ardan. — Que sensatos! Quanto menos os entendo, mais os admiro.

— São 22h42! — disse Nicholl.

— Só mais cinco minutos! — respondeu Barbicane.

— Isso mesmo! Cinco minutinhos! — retrucou Michel Ardan. — E cá estamos, trancafiados em um projétil no fundo de um canhão de novecentos pés! E sob este projétil estão acumuladas 400 mil libras de algodão-pólvora, que valem 1.600.000 libras de pólvora ordinária! E nosso amigo Murchison, de relógio em mãos, olho no ponteiro e dedo no interruptor elétrico, conta os segundos para nos lançar ao espaço interplanetário!

— Basta, Michel, já basta! — disse Barbicane, com a voz séria. — Devemos nos preparar. Meros segundos nos separam de um momento sem precedentes. Um aperto de mãos, meus amigos.

— Sim — exclamou Michel Ardan, mais emocionado do que gostaria de demonstrar.

Os três companheiros audaciosos se uniram em um último cumprimento.

— Que Deus nos acuda! — clamou o religioso Barbicane.

Michel Ardan e Nicholl se deitaram nos colchonetes dispostos no centro do disco.

— São 22h47! — murmurou o capitão.

Ainda vinte segundos! Barbicane apagou depressa o gás e se deitou ao lado dos companheiros.

O silêncio profundo era interrompido apenas pelo tique-taque do relógio, marcando os segundos.

De repente, um choque apavorante se fez, e o projétil, impulsionado por 6 bilhões de litros de gás desenvolvidos pela deflagração da piroxilina, voou para o espaço.

2
A PRIMEIRA MEIA-HORA

O que ocorreu? Que efeito causou o tremor apavorante? A engenhosidade dos construtores do projétil teria obtido resultado positivo? O choque teria sido amortecido, graças às molas, às quatro rolhas, às camadas de água, aos compartimentos? Teriam contido o impulso pavoroso daquela velocidade inicial de 11 mil metros, suficiente para atravessar Paris ou Nova York em um mero segundo? Decerto era isso que se perguntavam as mil testemunhas da cena emocionante. Esqueciam o objetivo da viagem, pensando apenas nos tripulantes! E se um entre eles — por exemplo, J. T. Maston — tivesse espiado dentro do projétil, o que veria?

Nada. O escuro dentro da bala de canhão era total. Porém, as paredes cilíndrico-cônicas tinham resistido com primor. Sem o menor rasgo, a menor flexão, a menor deformação. O admirável projétil nem sofrera alteração sob a intensa deflagração da pólvora, nem se liquefizera, como pareciam temer, em uma chuva de alumínio.

Em suma, lá dentro, a confusão era pouca. Alguns objetos tinham sido arremessados com violência para cima, mas os mais relevantes não pareciam ter se chocado. As amarrações persistiam intactas.

No disco móvel, que descera até o fundo após o rompimento das partições e o escapamento da água, jaziam três corpos, imóveis. Será que Barbicane, Nicholl e Michel Ardan ainda respiravam? Seria o projétil um mero caixão de metal, carregando três cadáveres espaço afora?

Alguns minutos após a partida, um dos corpos se mexeu; agitou os braços, ergueu a cabeça e conseguiu se ajoelhar. Era Michel Ardan. Ele se apalpou, soltou um murmúrio sonoro e declarou:

— Michel Ardan, inteiro. Vejamos os outros!

O francês corajoso quis se levantar, mas não conseguiu se sustentar. Estava tonto, e o sangue impulsionado com violência o deixava cego, como se estivesse bêbado.

— Brr! — exclamou. — Dá na mesma que duas garrafas de vinho Corton. Pena que é menos agradável de engolir!

Ele esfregou a testa várias vezes, massageou as têmporas e gritou, com a voz firme:

— Nicholl! Barbicane!

Ele aguardou, ansioso. Nada. Nem um suspiro para indicar se o coração dos companheiros ainda batia. Ele reiterou a chamada. Mesmo silêncio.

— Que inferno! Parece até que caíram de cabeça do quinto andar! Bah — acrescentou, com aquela confiança imperturbável que nada abalaria —, se um francês se ajoelhou, dois americanos se levantarão sem maiores dificuldades. Mas, antes de tudo, vamos esclarecer a situação.

Ardan sentia a vida voltar em ondas. O sangue se acalmava, retornando à circulação habitual. Com mais um esforço, ele se reequilibrou. Conseguiu se levantar, tirar um fósforo do bolso e acendê-lo com atrito. Por fim, se aproximou da saída de gás e a acendeu. O recipiente não tinha sofrido danos. O gás não tinha escapado. Afinal, o odor o teria revelado e, se fosse o caso, Michel Ardan não empunharia impune um fósforo aceso em um ambiente repleto de hidrogênio. O gás, combinado com o ar, teria produzido uma mistura detonadora, e a explosão concluiria o que o ricochete talvez tivesse iniciado.

O corajoso francês.

Assim que acendeu a luz, Ardan se debruçou sobre os companheiros. Estavam caídos, um em cima do outro, como massas inertes. Nicholl por cima, Barbicane por baixo.

Ardan endireitou o capitão, o apoiou no divã e o esfregou com vigor. A massagem, de método inteligente, reanimou Nicholl, que abriu os olhos, recuperou o sangue-frio de imediato e segurou a mão de Ardan. Então, quando olhou ao seu redor, perguntou:

— E Barbicane?

— Um de cada vez — respondeu Michel Ardan, tranquilo. — Comecei por você, Nicholl, porque era quem estava por cima. Agora vamos a Barbicane.

Dito isso, Ardan e Nicholl ergueram no colo o presidente do Gun Club e o deitaram no divã. Barbicane parecia ter sofrido mais do que os amigos. Ele tinha derramado sangue, mas Nicholl se tranquilizou ao constatar que a hemorragia vinha de um leve ferimento no ombro. Era uma simples abrasão, que ele comprimiu com cuidado.

Ainda assim, Barbicane demorou a recobrar a consciência, o que assustou os dois amigos, que não lhe poupavam de fricção.

— Mas está respirando — afirmou Nicholl, aproximando a orelha do peito do ferido.

— Pois é, respira como um homem acostumado a essa operação cotidiana. Massageemos, Nicholl, e com vigor — respondeu Ardan.

Os dois massagistas improvisados fizeram um trabalho tão bom e insistente que Barbicane recuperou os sentidos. Ele abriu os olhos, endireitou-se e pegou os amigos pelas mãos, e a primeira coisa que perguntou foi:

— Nicholl, estamos em movimento?

Nicholl e Barbicane se entreolharam. Eles ainda não tinham se preocupado com o projétil. O primeiro dever era com os tripulantes, não com o vagão.

— Afinal, estamos em movimento? — repetiu Michel Ardan.

— Ou será que estamos em repouso tranquilo no chão da Flórida? — questionou Nicholl.

— Ou no fundo do golfo do México? — acrescentou Michel Ardan.

— Ora essa! — exclamou o presidente Barbicane.

A dupla hipótese sugerida pelos companheiros teve o efeito imediato de fazê-lo recobrar a consciência.

De qualquer modo, ainda não era possível determinar a situação do projétil. A aparente imobilidade e a falta de comunicação com o exterior não permitiam solucionar a dúvida. Será que percorria a trajetória através do espaço? Ou será que, após um voo breve, tinha caído na terra, ou mesmo dentro do golfo do México, queda possibilitada pela área estreita da península?

O caso era grave, e o problema, interessante. Era preciso solucioná-lo com agilidade. Barbicane, agitado com o triunfo da energia moral sobre a fraqueza física, se levantou. Pôs-se a escutar. Lá fora, silêncio profundo. Porém, o forro grosso bastaria para interceptar qualquer som da Terra. Entretanto, uma ideia ocorreu a Barbicane. A temperatura dentro do projétil estava um tanto alta. O presidente tirou um termômetro do envelope protetor e o consultou. O instrumento marcava 45º centígrados.

— Isso mesmo! — exclamou. — Estamos andando, sim! Esse calor sufocante vaza pelas paredes do projétil! Ele ocorre devido ao atrito com as camadas atmosféricas, mas logo vai diminuir, porque estamos flutuando no vácuo e, após quase cozinhar aqui dentro, passaremos um frio intenso.

— Como assim, Barbicane? Você acha que já passamos dos limites da atmosfera terrestre? — questionou Michel Ardan.

— Sem a menor dúvida, Michel. Escute. São 22h55. Faz aproximadamente oito minutos que partimos. Ora, se a velocidade inicial não tiver diminuído devido ao atrito, seis segundos bastariam para atravessar as dezesseis léguas de atmosfera que cercam o esferoide.

— Certo — respondeu Nicholl —, mas em que proporção estimaria a diminuição da velocidade por atrito?

— Em um terço, Nicholl — respondeu Barbicane. — É uma diminuição considerável, mas, de acordo com meus cálculos, não passa disso. Então, como nossa velocidade inicial foi de 11 mil metros, ao sair da atmosfera, a velocidade reduzida seria de 7.332 metros, o que já teríamos atravessado neste intervalo, e...

— Então, nosso amigo Nicholl perdeu as duas apostas: 4 mil dólares, já que o canhão não explodiu, e 5 mil dólares porque o projétil ultrapassou seis milhas de altura. Pode pagar, Nicholl — disse Michel Ardan.

— Temos que confirmar primeiro, aí eu pago. É muito possível que o raciocínio de Barbicane esteja correto, e que eu tenha perdido 9 mil dólares. Porém, me ocorreu uma nova hipótese que invalidaria a aposta — respondeu o capitão.

— Qual? — perguntou Barbicane, enfático.

— A hipótese de que, por algum motivo qualquer, o fogo não pegou na pólvora, e nem chegamos a partir.

— Minha nossa, capitão, essa hipótese é digna das minhas invencionices! Não pode estar falando sério! — exclamou Michel Ardan. — Não desmaiamos pela força do ricochete? Não precisei reanimá-lo? O ombro do presidente não está sangrando por causa do choque?

— Certo, Michel, mas tenho uma pergunta apenas — retrucou Nicholl.

— Diga, meu capitão.

— Você escutou a detonação, que decerto foi estrondosa?

— Não — respondeu Ardan, estupefato. — É verdade que não escutei detonação alguma.

— E Barbicane?

— Também não.

— Então? — questiona Nicholl.

— De fato! — murmurou o presidente. — Por que será que não escutamos a detonação?

Os três amigos se entreolharam, com expressões bastante confusas. Ali se apresentava um fenômeno inexplicável. Entretanto, o projétil partira, e, consequentemente, a detonação deveria ter ocorrido.

— Vamos abrir os painéis para saber onde estamos — sugeriu Barbicane.

Sem demora, iniciaram a operação simplicíssima. As porcas que prendiam os parafusos das placas externas da janela da direita cederam sob a pressão de uma chave inglesa. Empurraram os parafusos para fora, e obturadores de borracha vedaram o furo deixado. Assim, a placa externa se escancarou como uma portinhola, e o vidro lenticular da janela surgiu. Havia outra janela idêntica embutida na parede espessa do outro lado do projétil, mais uma na abóbada de cima, e uma quarta e última no fundo. Portanto, era possível observar, pelos vidros laterais, o firmamento, e, pelas aberturas superior e inferior, a Terra ou a Lua de forma mais direta.

Barbicane e os companheiros se jogaram contra o vidro exposto. Não brilhava um raio luminoso sequer. Uma escuridão profunda envolvia o projétil. Isso não impediu o presidente Barbicane de exclamar:

— Ah, meus amigos, não caímos no chão, não! Não afundamos no golfo do México, não! Estamos voando no espaço, isso, sim! Vejam só as estrelas que brilham na noite, e a escuridão impenetrável que se acumula entre nós e a Terra!

— Viva! Viva! — gritaram Michel Ardan e Nicholl, em uníssono.

As trevas compactas provavam que o projétil deixara a Terra para trás, pois o chão, iluminado com nitidez pelo luar, teria sido visto pelos tripulantes caso ainda estivessem na superfície. A escuridão também demonstrava que o projétil ultrapassara a camada atmosférica, pois a luz difusa e espalhada pelo ar teria refletido nas paredes metálicas, o que também não se via. A luz teria iluminado o vidro, que, no momento, estava escuro. Não havia mais dúvida. Os viajantes tinham deixado a Terra para trás.

— Perdi — lamentou Nicholl.

Eles levantam Barbicane.

— Parabéns! — retrucou Ardan.
— Aqui seus 9 mil dólares — disse o capitão, tirando do bolso um maço de notas.

— Quer um recibo? — perguntou Barbicane, aceitando a quantia.

— Se não for incômodo. É mais seguro — respondeu Nicholl.

Então, sério e imperturbável, como se no escritório, o presidente Barbicane puxou o caderno, arrancou uma folha em branco, marcou de lápis o montante recebido, datou, assinou, rubricou e entregou o recibo ao capitão, que o guardou com cautela na carteira.

Michel Ardan tirou o chapéu e se curvou na frente dos colegas sem dizer nada. Tamanha formalidade em uma circunstância daquelas lhe deixava sem palavras. Ele nunca vira nada mais "americano".

Barbicane e Nicholl, concluindo os negócios, voltaram à janela para admirar as constelações. As estrelas se destacavam em pontos vívidos no fundo preto do céu. Daquele lado, porém, não se via a Lua, que, viajando de leste a oeste, subia aos poucos até seu zênite. Sua ausência fez Ardan refletir.

— E a Lua? Será que ela faltaria ao nosso encontro? — perguntou.

— Não se preocupe. Nosso futuro esferoide está a postos, mas não temos como enxergar deste lado. Temos que abrir a outra janela lateral — respondeu Barbicane.

Quando Barbicane estava prestes a se afastar do vidro para liberar a outra janela, a aproximação de um objeto brilhante chamou sua atenção. Era um disco enorme, cujas dimensões colossais eram incalculáveis. A face voltada para a Terra era vividamente iluminada. Parecia até uma Lua menor, refletindo a luz da maior. Ela avançava em velocidade espetacular, parecendo descrever ao redor da Terra uma órbita que cortaria a trajetória do projétil. O movimento de translação do objeto era acrescido de um movimento de rotação em si próprio. Portanto, comportava-se como todos os corpos celestes abandonados no espaço.

— Ué, o que é isso aí? Outro projétil?! — exclamou Michel Ardan.

Barbicane não respondeu. O surgimento do corpo enorme o surpreendia e preocupava. Era possível um encontro de consequências deploráveis — que o projétil desviasse da rota, que um impacto interrompesse a inércia e o jogasse de volta na Terra, ou que fosse irresistivelmente puxado pelo poder de atração do asteroide.

O presidente Barbicane sem demora percebeu o resultado das três hipóteses que, de um ou outro modo, levariam sem dúvida ao fracasso da iniciativa. Seus companheiros, sem dizer palavra, olhavam o espaço. O objeto crescia com um espetáculo ao se aproximar e, por certa ilusão de ótica, parecia que corria até eles.

— Deus do céu! — gritou Michel Ardan. — Os trens vão bater!

Por instinto, os viajantes se jogaram para trás. O pavor foi extremo, mas não durou muito, apenas questão de segundos. O asteroide passou a centenas de metros do projétil e desapareceu, não apenas pela rapidez do percurso, como pelo fato de a face oposta à Lua de repente se misturar ao escuro absoluto do espaço.

— Boa viagem! — exclamou Michel Ardan, soltando um suspiro satisfeito. — Nossa! O infinito não tem espaço suficiente para um coitadinho de um projétil passear tranquilo? Ora! Que globo pretensioso foi esse que quase nos atropelou?

— Eu sei o que é — respondeu Barbicane.

— Pelo amor de Deus! Você sabe de tudo.

— É um simples bólide, mas um bólide enorme, que a atração da Terra deteve em estado de satélite — explicou Barbicane.

— Não acredito! — exclamou Michel Ardan. — Então a Terra tem duas Luas, que nem Netuno?

— Pois é, meu amigo, duas Luas, mesmo que, em geral, pareça ter apenas uma. Essa segunda Lua é tão pequena e rápida que os moradores da Terra não têm como enxergá-la. Foi pela análise de certas perturbações que um astrônomo francês, sr. Petit, soube determinar a existência desse segundo satélite e calcular seus elementos. De acordo com suas observações, o bólide concluiria a revolução ao redor da Terra em meras três horas e vinte minutos, o que indica uma velocidade espetacular.

— A existência desse satélite é consenso entre os astrônomos? — perguntou Nicholl.

— Não, mas se, como nós, tivessem chegado perto de encontrá-lo, eles não teriam mais como duvidar. Na realidade, pensando bem, esse bólide que por pouco não se chocou com o projétil e nos causou um problema possibilita calcularmos nossa posição no espaço — respondeu Barbicane.

— Como? — perguntou Ardan.

— Sua distância é conhecida, então, no ponto em que o encontramos recentemente, estávamos a exatamente 8.140 quilômetros da superfície do globo terrestre.

— Quase 2 mil léguas! — exclamou Michel Ardan. — Ultrapassamos muito os trens expressos desse planetinha patético que chamamos de Terra!

— É isso mesmo — respondeu Nicholl, consultando o relógio. — São 23h, e faz apenas treze minutos que saímos do continente americano.

— Só treze minutos? — perguntou Barbicane.

— Isso mesmo, e, se nossa velocidade inicial de onze quilômetros fosse constante, percorreríamos quase 10 mil milhas por hora! — respondeu Nicholl.

— Tudo ótimo, amigos — disse o presidente —, mas ainda nos resta aquela dúvida sem solução. Por que não escutamos o canhão detonar?

Por falta de resposta, a conversa morreu, e Barbicane, reflexivo, se dedicou a abrir a outra janela lateral. Quando conseguiu, o vidro livre deixou a Lua preencher o projétil com sua luz brilhante. Nicholl, econômico, apagou o gás que se tornara inútil e cujo fulgor inclusive atrapalhava a observação do espaço interplanetário.

O disco lunar brilhava com pureza incomparável. Os raios, não mais difusos pela atmosfera vaporosa do globo terrestre, atravessavam o vidro e saturavam o ar dentro do projétil de reflexos prateados. A cortina escura do firmamento redobrava o resplendor da Lua, que, no vazio do éter impróprio à difusão, não eclipsava as estrelas vizinhas. O céu, visto dali, apresentava um aspecto inédito, de que os olhos humanos não saberiam nem desconfiar.

Imaginamos o interesse com que os audaciosos contemplaram o astro, alvo supremo da viagem. O satélite da Terra, no movimento de translação, se aproximava minimamente do zênite, ponto matemático que deveria atingir dali a cerca de 96 horas. As montanhas, as planícies e os relevos da superfície não eram mais nítidos do que se admirados de qualquer canto da Terra, mas a luz, através do vácuo, se desdobrava com intensidade incomparável. O disco fulgia como um espelho de platina. Da terra que fugia às costas deles, os viajantes já se esqueciam.

Foi o capitão Nicholl o primeiro a voltar a atenção para o globo desaparecido.

— Boa ideia! Não sejamos ingratos. Visto que deixamos para trás nosso mundo, que a ele pertença nosso último olhar. Quero ver a Terra antes que ela suma de vista! — respondeu Michel Ardan.

Barbicane, para satisfazer os desejos do companheiro, começou a liberar a janela do fundo do projétil, a que deveria possibilitar a observação direta da Terra. Foi difícil desmontar o disco, que a força da projeção empurrara até a base. Caso necessário, as peças, posicionadas com cuidado contra as paredes, ainda poderiam ser úteis. Surgiu, então, uma abertura circular de cinquenta centímetros de diâmetro, embutida na parte inferior do projétil. Cobria-se por um vidro de quinze centímetros de espessura, reforçado por uma estrutura de cobre. Abaixo dela, uma placa de alumínio fora aparafusada. Após desenroscar as porcas e arrancar os parafusos, a placa se abriu, e estabeleceu-se comunicação visual entre o interior e o exterior.

Michel Ardan se ajoelhou no vidro, que estava sombreado, como se opaco.

— E aí? Cadê a Terra?! — exclamou.

— Está aí — disse Barbicane.

— Como assim? Esse fiapinho? Essa curva prateada? — retrucou Ardan.

— Isso mesmo, Michel. Daqui a quatro dias, quando a Lua estiver cheia, no momento em que a alcançarmos, a Terra estará nova. Ela só nos parecerá uma curva fina, que logo sumirá, e então passará alguns dias submersa em sombra impenetrável.

— Isso aí! A Terra! — repetiu Michel Ardan, devorando com os olhos aquela fatia estreita do planeta natal.

A explicação do presidente Barbicane estava correta. A Terra, em relação ao projétil, entrava na última fase. Estava no oitavo minguante, aparecendo como uma curva fina delineada no fundo escuro do céu. Sua luz, azulada com a espessura da camada atmosférica, era menos intensa do que a da Lua. Tal fatia se apresentava em dimensões consideráveis, como um arco enorme estendido sobre o firmamento. Alguns pontos de iluminação mais vívida, em especial na parte côncava, anunciavam a presença de montanhas altas, mas às vezes desapareciam sob manchas espessas que não se viam na superfície lunar. Eram anéis de nuvens concêntricos, dispostos ao redor do esferoide terrestre.

Entretanto, devido a um fenômeno natural idêntico ao que ocorre na Lua naqueles períodos, era possível enxergar o contorno inteiro do globo terrestre. O disco todo era bastante visível sob o efeito da luz cinzenta, menos perceptível do que a da Lua. Era fácil entender o motivo da menor intensidade. Quando ocorre o reflexo na Lua, ele se deve aos raios solares que a Terra reflete para o satélite. Ali, pelo efeito inverso, se devia aos raios solares refletidos pela Lua para a Terra. Ora, a luz terrestre é cerca de treze vezes mais intensa do que a luz lunar, o que corresponde à diferença de volume dos dois corpos. Portanto a consequência de, no fenômeno da luz cinzenta, a parte escura do disco terrestre ser delineada com menor nitidez do que a parte equivalente da Lua, visto que a intensidade do fenômeno é proporcional ao poder luminoso dos astros. Devemos também acrescentar que a curva da Terra parecia mais alongada do que a da Lua; era apenas o efeito da irradiação.

Enquanto os viajantes buscavam desvendar as trevas profundas do espaço, um buquê cintilante de estrelas cadentes brotou diante dos olhos deles. Centenas de bólides, incandescentes sob contato da atmosfera, rasgavam a sombra com rastros luminosos e riscavam de fogo a parte cinzenta do disco. Naquela época, a Terra estava no periélio, e o mês de dezembro é tão propício à aparição de estrelas cadentes que certos astrônomos chegaram a calcular 24 mil por hora. Michel Ardan, porém, desprezando da razão científica, preferiu acreditar que a Terra se despedia de seus três filhos com os fogos de artifício mais brilhantes.

Em suma, era isso tudo que viam do esferoide perdido nas sombras, astro inferior do sistema solar, que, para os planetas maiores, acorda ou dorme como uma mera estrela da manhã ou da noite! Ponto imperceptível do espaço, era mera curva fugitiva, o globo onde deixaram todos os seus afetos!

Por muito tempo, os três amigos, em silêncio, mas unidos em coração, observaram, enquanto o projétil se afastava em velocidade uniformemente decrescente. Por fim, uma sonolência irresistível se abateu sobre eles. Seria o cansaço do corpo, ou da alma? Sem dúvida, após a adrenalina das últimas horas passadas na Terra, tal reação era inevitável.

— Bem, já que é preciso dormir, durmamos — disse Michel.

Os três se deitaram nos colchonetes e logo caíram em sono profundo.

Porém, passaram-se menos de quinze minutos quando Barbicane se levantou de súbito e despertou os companheiros com a voz retumbante:

— Descobri!

— Descobriu o quê? — perguntou Michel Ardan, levantando-se de um pulo.

— O motivo para não termos escutado a denotação!

— E qual seria? — questionou Nicholl.

— Nosso projétil viajou mais rápido do que o som!

3
À VONTADE

Após essa explicação curiosa, mas sem dúvida correta, os amigos voltaram ao sono profundo. Onde encontrariam um lugar mais calmo, um ambiente mais sereno, para dormir? Na terra, as casas da cidade e as choupanas do campo sentem todos os tremores causados na crosta terrestre. No mar, o navio, sacudido pelas ondas, é puro impacto e movimento. No ar, o balão oscila sem cessar em camadas fluidas de densidade diversa. Apenas o projétil, flutuando no vazio absoluto, em meio ao silêncio absoluto, oferecia aos hóspedes o repouso absoluto.

Assim, o sono dos três viajantes aventureiros talvez se prolongasse sem fim, caso um ruído inesperado não os tivesse despertado por volta das 7h do 2 de dezembro, oito horas após a partida.

O ruído era um latido muito característico.

— Os cães! São os cães! — exclamou Michel Ardan, também despertando.

— Estão com fome — disse Nicholl.

— Minha nossa! Tínhamos esquecido! — respondeu Michel.

— Onde eles estão? — perguntou Barbicane.

Eles procuraram até encontrar um dos animais escondido debaixo do divã. Apavorado e esmagado pelo choque inicial, tinha ficado no cantinho até a voz voltar com o sentimento de fome.

Era a simpática Diana, ainda muito acuada, que se esticou para fora do esconderijo, sob muita insistência. Michel Ardan a encorajava com o falatório mais gracioso.

— Venha, Diana, venha, minha filha! Você, cujo destino será marcado nos anais cinegéticos! Você, que os pagãos teriam ofertado como companheira ao deus Anúbis, e os cristãos, como amiga a são Roque! Você, digna de ser forjada em bronze pelo rei do inferno, como o totó que Júpiter cedeu à bela Europa pelo preço de um beijo! Você, cuja celebridade ofuscará aquela dos heróis de Montargis e do monte São Bernardo! Você, que, lançada ao espaço sideral, talvez seja a Eva dos cães selenitas! Você, que justificará lá no alto a frase de Toussenel: "No princípio, Deus criou o homem, e, ao vê-lo tão frágil, deu-lhe o cão!" Venha, Diana! Venha cá!

Diana, lisonjeada ou não, avançava aos pouquinhos, soltando gemidos de lamúria.

— Bem, Eva já vi, mas cadê Adão? — perguntou Barbicane.

— Adão! Adão não pode ter ido longe! Ele deve estar por aqui! Temos que chamá-lo! Satélite! Vem, Satélite! — respondeu Michel.

Satélite, porém, não aparecia. Diana continuava a ganir. Constataram que ela não estava ferida e serviram um patê apetitoso que logo calou suas queixas.

Quanto a Satélite, era impossível encontrá-lo. Foi preciso procurar por muito tempo antes de descobri-lo em um dos compartimentos superiores do projétil, onde algum contrachoque inexplicável o arremessara com violência. O pobre bicho, muito machucado, encontrava-se em estado lamentável.

— Diacho! — disse Michel. — Está comprometida nossa aclimatização!

Com precaução, desceram o infeliz cachorro. Ele tinha amassado a cabeça no teto, e parecia difícil recuperar-se de choque tamanho. Ainda assim, foi deitado com todo o conforto em uma almofada, onde soltou um suspiro.

Era um disco enorme.

— Vamos cuidar de você. Somos responsáveis por sua existência. Prefiro perder um braço meu a perder uma pata sequer de meu coitado Satélite! — assegurou Michel.

Ao dizer isso, ele ofereceu alguns goles d'água ao ferido, que bebeu com avidez.

Após administrar tais cuidados, os viajantes observaram com atenção a Terra e a Lua. A Terra aparecia apenas como um disco cinzento que terminava em uma curva mais retraída do que na véspera, mas seu volume seguia enorme, se comparado ao da Lua, que se aproximava cada vez mais de um círculo perfeito.

— Minha nossa! Estou chateadíssimo por não termos viajado no momento de Terra cheia, isto é, quando nosso globo se encontra oposto ao Sol — disse Michel Ardan.

— Por quê? — perguntou Nicholl.

— Porque teríamos visto por outro ângulo nossos continentes e oceanos, uns resplandecentes sob a projeção dos raios de sol, os outros mais escuros, como reproduzidos em certos mapas-múndi! Gostaria de ver os polos da Terra nos quais o olhar do homem nunca pousou!

— Sem dúvida, mas, se a Terra estivesse cheia, a Lua estaria nova, ou seja, invisível à irradiação do sol. Para nós, é melhor enxergar o destino do que o ponto de partida — respondeu Barbicane.

— É verdade, Barbicane, e, quando chegarmos à Lua, teremos tempo, durante as longas noites lunares, de admirar à vontade o globo formigando com nossos semelhantes — concordou o capitão Nicholl.

— Semelhantes! — exclamou Michel Ardan. — Mas agora, eles não são mais semelhantes do que os selenitas! Vivemos em um novo mundo, povoado apenas por nós, este projétil! Sou semelhante a Barbicane, e Barbicane, a Nicholl. Além de nós, fora de nós, é o fim da humanidade, e somos a única população deste microcosmo, até o momento em que nos tornaremos simples selenitas!

— Daqui a aproximadamente 88 horas — retrucou o capitão.

— Ou seja? — perguntou Michel Ardan.

— São 8h30 agora — respondeu Nicholl.

— Bom, não consigo encontrar nem mesmo uma sombra de razão para não comermos agora mesmo — disse Michel.

Era verdade que os habitantes daquele novo astro não viveriam sem comer, e seus estômagos sofriam, no momento, o efeito imperioso das leis da fome. Michel Ardan, na qualidade de francês, se declarou chef de cozinha, função importante que não foi em nada disputada. O gás oferecia alguns graus de calor suficientes para o preparo culinário, e o baú de mantimentos, os ingredientes do primeiro banquete.

A refeição começou com três xícaras de um caldo excelente, devido à liquefação, em água quente, dos preciosos tabletes Liebig, preparados com os melhores cortes dos ruminantes dos Pampas. Após o caldo de carne, foi a hora de algumas fatias de bife comprimidas por prensa hidráulica, tão macias e suculentas quanto se saíssem da cozinha de um bistrô. Michel, que era criativo, chegou a alegar que estavam "malpassadas".

Legumes em conserva, "mais frescos do que ao natural", também nas palavras do simpático Michel, foram servidos após o prato de carne, e depois vieram as xícaras de chá com torradas amanteigadas à americana. A bebida, declarada espetacular, fora feita por infusão de folhas de primeira, oferecidas como presente do imperador russo aos viajantes.

Por fim, para coroar o banquete, Ardan apareceu com uma garrafa de vinho de Nuits, que encontrara "por acaso" no compartimento de mantimentos. Os três amigos brindaram à união da Terra e do satélite.

E, como se não bastasse o vinho generoso destilado nas costas da Borgonha, o Sol quis participar da festa. O projétil estava saindo do cone de sombra projetado pelo globo terrestre, e os raios do astro radioso atingiram diretamente o disco inferior do pelouro, devido ao ângulo formado pela órbita da Lua em relação àquela da Terra.

O Sol queria participar da comemoração.

— O Sol! — gritou Michel Ardan.
— Sem dúvida — respondeu Barbicane. — Era de se esperar.
— Mas o cone de sombra que a Terra lança pelo espaço não se estende além da Lua? — perguntou Michel.
— Muito além, se não considerarmos a refração atmosférica — disse Barbicane. — Mas, quando a Lua é envolta pela sombra, é porque o centro dos três astros, Sol, Terra e Lua, se encontra em linha reta. Então os nodos coincidem com as fases de Lua cheia, e ocorre o eclipse. Se tivéssemos viajado durante

um eclipse lunar, o trajeto todo teria ocorrido na sombra, o que seria uma pena.

— Por quê?

— Porque, embora flutuemos no vácuo, nosso projétil, banhado pelos raios de Sol, absorverá sua luz e seu calor. Assim, não vamos ter que gastar tanto gás. Uma economia preciosa.

De fato, sob efeito dos raios cuja temperatura e luz não eram atenuadas por atmosfera alguma, o projétil esquentava e se iluminava como se o inverno desse lugar ao verão de repente. A Lua em cima e o Sol embaixo os banhavam de fogo.

— Que calor gostoso — disse Nicholl.

— Concordo! Com um pouquinho de terra vegetal no nosso planeta de alumínio, daria ervilha em coisa de 24 horas. Só tenho um medo: que as paredes do projétil entrem em fusão! — exclamou Michel Ardan.

— Fique tranquilo, meu caro amigo. O projétil aguentou uma temperatura muito mais elevada ao deslizar pelas camadas atmosféricas. Nem me surpreenderia se os espectadores da Flórida vissem um bólide de fogo — respondeu Barbicane.

— J. T. Maston deve achar que assamos.

— O espantoso é não termos assado de fato. É um perigo que não previmos — respondeu Barbicane.

— Eu estava preocupado, sim — respondeu Nicholl, simplesmente.

— E nem nos disse nada, sublime capitão! — exclamou Michel Ardan, apertando a mão do companheiro.

Enquanto isso, Barbicane continuava a se instalar no projétil como se não pretendesse sair jamais. Lembremos que o vagão aéreo tinha, como base, uma superfície de 54 pés quadrados. Com doze pés de altura, contando até a ponta do teto, organizado com habilidade e pouco atravancado pelos instrumentos e utensílios de viagem, cada um ocupando um lugar específico, deixava certa liberdade de movimento para os três hóspedes. O vidro espesso, encaixado em parte do fundo, aguentava sem avarias um peso considerável, de modo que Barbicane e os companheiros caminhavam por cima dele como fariam com um piso qualquer; o Sol, cujos raios batiam diretamente ali, iluminava por baixo a área do projétil, formando efeitos luminosos singulares.

Começaram verificando o estado da caixa d'água e do depósito de víveres. Esses recipientes não tinham sofrido nada, graças às medidas tomadas para amortecer o choque. A comida era abundante, capaz de alimentar os três viajantes por um ano inteiro, se necessário. Barbicane preferira tomar precauções, para o caso de o projétil aterrissar em uma parte estéril da Lua. Quanto à água e à reserva de aguardente, que totalizavam cinquenta galões, eram suficientes para apenas dois meses. Porém, de acordo com as observações mais recentes dos astrônomos, a Lua mantinha uma atmosfera baixa, densa e espessa, pelo menos nos vales mais profundos, onde haveria decerto nascentes e riachos. Portanto, durante o trajeto e o primeiro ano de instalação no continente lunar, os exploradores aventureiros não deveriam sofrer de fome nem de sede.

Restava a questão do ar dentro do projétil. Esse aspecto também estava assegurado. Havia dois meses de reserva de clorato de potássio para alimentar o aparelho de Reiset e Regnaut, destinado a produzir oxigênio. A máquina consumia necessariamente certa quantidade de gás, pois deveria manter a matéria-prima a mais de quatrocentos graus. Porém, isso também não faltava. O aparelho exigia, inclusive, pouca vigilância, pois funcionava em modo automático. Naquela temperatura elevada, o clorato de potássio, transformado em cloreto de potássio, abandonava o oxigênio que continha. Ora, o que gerava dezoito libras de clorato de potássio? As sete libras de oxigênio necessárias ao consumo cotidiano dos hóspedes do projétil.

Não bastava, entretanto, renovar o oxigênio gasto; era também preciso absorver o gás carbônico produzido pela expiração. Após cerca de duas horas, a atmosfera do projétil estava carregada desse gás deletério, produto definitivo da combustão dos elementos do sangue pelo oxigênio inspirado. Nicholl reconheceu o estado do ar ao ver Diana arfar laboriosamente. O gás carbônico — por um fenômeno idêntico àquele que ocorre na famosa Gruta do Cachorro[1] — se acumulava no fundo do projétil, devido ao peso. A pobre Diana, de cabeça baixa, sofria, portanto, com a presença do gás antes dos homens. O capitão Nicholl logo remediou a situação. Ele dispôs no fundo diversos recipientes contendo hidróxido de potássio que agitou por algum tempo, e a matéria, muitíssimo reativa a gás carbônico, o absorveu por inteiro, purificando o ar.

O inventário dos instrumentos começou em seguida. Os termômetros e barômetros tinham resistido, exceto por um termômetro de máxima e mínima cujo vidro tinha rachado. Um excelente barômetro aneroide, retirado da caixa acolchoada, foi preso na parede. Claro, só marcaria a pressão do ar dentro do projétil. Porém, também indicava a quantidade de vapor de água contida ali. No momento, o ponteiro oscilava entre 765 e 760 milímetros. Era "tempo bom".

Barbicane também levara diversas bússolas, que seguiam intactas. Sabemos que, em tais condições, a agulha ficava perdida, ou seja, sem direção constante. Na realidade, naquela distância da Terra, o polo magnético não tinha efeito sensível nos aparelhos. Porém, quando transportadas à superfície lunar, talvez servissem para constatar fenômenos particulares. De qualquer modo, seria interessante descobrir se o satélite da Terra era submetido, como ela, à influência magnética.

---

1. Famosa gruta do século 19 na França onde os humanos respiravam bem, mas os cachorros sufocavam. [N. T.]

Ele pega rapidamente um punhado.

Um hipsômetro para medir a altitude das montanhas lunares, um sextante destinado a calcular a altura do Sol, um teodolito, instrumento de geodesia, que serve para erguer os planos e reduzir os ângulos do horizonte, os binóculos cujo uso seria muito valorizado quando se aproximassem da Lua — todos os instrumentos foram analisados com cuidado e confirmados em segurança, apesar da violência do choque inicial.

Já os utensílios, as espátulas, picaretas, e ferramentas diversas que Nicholl escolhera ele mesmo; as sacas de grãos variados e os arbustos que Michel Ardan pretendia plantar nas terras selenitas, estavam todos no lugar adequado, nos cantos superiores do projétil. Lá, formava-se uma espécie de sótão repleto dos objetos empilhados pelo pródigo francês. Ninguém sabia do que se tratavam, e o rapaz entusiasmado não se explicava. De tanto em tanto, escalava ganchos nas paredes para subir até aquele cafofo, cuja inspeção era exclusividade sua. Ele arrumava, reordenava, mergulhava a mão rapidamente em certas garrafas misteriosas, cantarolando com a voz mais desafinada algum velho refrão francês para alegrar a situação.

Barbicane conferiu, com dedicação, se os foguetes e outros artifícios não tinham sido danificados. Essas peças importantes, de carga potente, deveriam servir para desacelerar a queda do projétil quando este fosse solicitado pela atração lunar, após ultrapassar o ponto neutro, e caísse na superfície. A queda, por sinal, deveria ser seis vezes mais lenta do que seria na superfície da Terra, graças à diferença de massa dos dois astros.

A inspeção terminou, enfim, com satisfação geral. Em seguida, todos voltaram a admirar o espaço pelas janelas laterais e pelo vidro inferior.

Mesmo espetáculo. Toda a extensão da esfera celeste, fervilhando de estrelas e constelações de uma pureza maravilhosa, de enlouquecer qualquer astrônomo. De um lado, o Sol, como a boca de um forno a lenha, disco esplendoroso sem auréola, destacado no fundo preto do céu. Do outro, a Lua que devolvia o fogo em reflexo, parecendo imóvel em meio ao mundo estelar. Por fim, uma mancha bem forte, que parecia furar o firmamento, ainda delineada por uma fina orla prateada: a Terra. Aqui e ali, nebulosas aglomeradas como flocos imensos de neve sideral, e, do zênite ao nadir, um anel imenso formado por uma poeira estelar impalpável, a Via Láctea, em meio à qual o Sol não passa de uma estrela de quarta magnitude!

Os observadores não conseguiam desviar os olhos daquele espetáculo tão novo e indescritível. Quantas reflexões sugeriu! Quantas emoções desconhecidas despertou na alma! Barbicane quis começar o diário de viagem sob efeito daquelas impressões e, de hora em hora, anotava os fatos que indicavam o início da empreitada. Ele escrevia com tranquilidade, em uma letra grande e quadrada de estilo um pouco comercial.

Enquanto isso, o calculista Nicholl revisava as fórmulas de trajetórias e manejava os números com destreza ímpar. Michel Ardan falava com Barbicane, que não respondia, e com Nicholl, que não escutava, com Diana, que não entendia suas teorias, e, por fim, consigo, perguntando-se e respondendo, indo e vindo, tratando de mil detalhes, às vezes curvado sobre o vidro inferior, outras vezes empoleirado na altura do projétil, e sempre cantarolando. Naquele microcosmo, ele representava a agitação e a eloquência francesas, e devemos acreditar que elas foram justamente representadas.

O dia — ou melhor, pois o termo não é correto, o período de doze horas que compõe o dia na Terra — terminou com um jantar abundante, de finos preparos. Não ocorrera ainda nenhum incidente que abalasse a confiança dos viajantes. Assim, cheios de esperança e já certos do sucesso, adormeceram em paz, enquanto o projétil, em velocidade uniformemente decrescente, atravessava os caminhos do céu.

4
UM POUCO DE ÁLGEBRA

A noite passou sem complicações. Na realidade, o termo "noite" é inadequado.

A posição do projétil não mudava em relação ao Sol. Astronomicamente, era dia na parte inferior da bala e noite na parte superior. Portanto, quando as duas palavras forem utilizadas neste relato, expressarão o período de tempo passado entre o nascer e o pôr do Sol na Terra.

O sono dos viajantes foi ainda mais agradável pois, apesar da velocidade extrema, o projétil parecia imóvel. Nenhum movimento indicava seu percurso pelo espaço. O deslocamento, por mais rápido que seja, não tem efeito perceptível no organismo quando ocorre no vácuo ou quando a massa de ar circula com o corpo em movimento. Que habitante da Terra percebe a velocidade do planeta, que o transporta a 90 mil quilômetros por hora? O movimento, nessas condições, não é mais perceptível do que o repouso. Todo corpo fica indiferente. Se um corpo estiver em repouso, permanecerá assim até que uma força externa o desloque. Se estiver em movimento, só se deterá se um obstáculo obstruir o trajeto. Essa indiferença ao movimento ou ao repouso se chama inércia.

Barbicane e seus companheiros, então, poderiam imaginar-se em imobilidade absoluta, enquanto estivessem dentro do projétil. Na realidade, o efeito seria o mesmo do lado de fora. Sem a Lua, que crescia acima deles, teriam jurado que flutuavam em completa estagnação.

Naquela manhã do 3 de dezembro, os tripulantes foram despertados por um ruído alegre, mas inusitado: o canto do galo ressoando pelo vagão.

Michel Ardan, o primeiro a se levantar, escalou as paredes até o topo do projétil e fechou uma caixa entreaberta.

— Quer calar a boca? Esse bicho vai atrapalhar meus planos! — murmurou.

Enquanto isso, Nicholl e Barbicane acordaram.

— Foi um galo? — perguntou Nicholl.

— Nada disso, meus amigos! Fui eu que decidi despertá-los com essa vocalização campestre! — respondeu Michel, entusiasmado.

Ao dizer isso, ele soltou um cocoricó esplêndido, digno do galináceo mais orgulhoso.

Os dois americanos acabaram gargalhando.

— Que talento — respondeu Nicholl, olhando com desconfiança para o companheiro.

— Pois é, trata-se de uma brincadeira da minha terra. É um hábito galês. Imitamos o galo assim nas melhores companhias! — respondeu Michel.

Logo mudou de assunto:

— Barbicane, sabe o que pensei a noite toda?

— Não — respondeu o presidente.

— Em nossos amigos de Cambridge. Você já notou que sou um tremendo ignorante em questões matemáticas. Portanto, é impossível supor como os estudiosos do Observatório conseguiram calcular a velocidade inicial necessária para o projétil, do canhão, chegar à Lua.

— Quer dizer para chegar ao ponto neutro em que as atrações gravitacionais terrestre e lunar se equilibram, pois, a partir desse ponto, situado a aproximadamente noventa por cento do percurso, o projétil cairá na Lua apenas devido à aceleração da gravidade — retrucou Barbicane.

— Que seja — respondeu Michel. — Mas, de novo, como calcularam a velocidade inicial?

— Não é nada difícil — respondeu Barbicane.

— Você saberia fazer o cálculo? — perguntou Michel Ardan.

— É óbvio. Eu e Nicholl teríamos chegado ao resultado, se a correspondência do Observatório não nos poupasse o trabalho.

— Bom, meu caro Barbicane, eu preferiria que arrancassem minha cabeça, começando pelos pés, a resolver esse problema! — respondeu Michel.

— Porque você não sabe álgebra — retrucou Barbicane, tranquilo.

— Ah, lá vem essa história, seu come-x! Vocês acham que falar em álgebra resolve tudo.

— Michel, você acha possível forjar sem martelo ou lavrar sem arado? — retrucou Barbicane.

— Seria difícil.

— Então, a álgebra é uma ferramenta, como o arado ou o martelo, e bem útil para quem sabe empregá-la.

— Sério?

— Seríssimo.

— Você demonstraria essa ferramenta para mim?

— Se for do seu interesse.

— E me mostraria como calcularam a velocidade inicial de nosso veículo?

— Claro, meu digníssimo. Considerando todos os elementos do problema, a distância do centro da Terra ao centro da

Lua, o raio da Terra, a massa da Terra, e a massa da Lua, posso estabelecer com exatidão qual seria a velocidade inicial do projétil por meio de uma fórmula simples.

— Vejamos a fórmula.

— Você verá. Porém, não darei a curva de fato traçada pelo projétil entre a Lua e a Terra, considerando seu movimento de translação ao redor do Sol. Não. Considerarei os dois astros imóveis, o que já nos basta.

— Por quê?

— Porque seria buscar a solução do problema que chamamos de "problema dos três corpos", e o cálculo integral ainda não é avançado o suficiente para solucioná-lo.

— Ora, então os matemáticos ainda não deram a palavra final? — disse Michel Ardan, com seu ar sarcástico.

— De modo algum — respondeu Barbicane.

— Bem! Quem sabe os selenitas já chegaram mais longe com esse tal cálculo integral! Falando nisso, o que é o cálculo integral?

— É o cálculo contrário ao cálculo diferencial — respondeu Barbicane, sério.

— Óbvio.

— Em outras palavras, é o cálculo pelo qual chegamos às quantidades finitas cujo diferencial conhecemos.

— Isso, pelo menos, ficou claro — respondeu Michel, com tom satisfeitíssimo.

— E agora, com um pedaço de papel, um lápis e mais ou menos meia-hora, chegarei à fórmula pedida — retrucou Barbicane.

Dito isso, Barbicane mergulhou no trabalho, enquanto Nicholl observava o espaço, deixando ao companheiro a responsabilidade pela comida.

Antes mesmo de passar a meia-hora, Barbicane ergueu a cabeça e mostrou para Michel Ardan uma página coberta de símbolos algébricos, em meio aos quais se destacava essa fórmula geral:

$$\frac{1}{2}\left(v^2 - v_0^2\right) = gr\left\{\frac{r}{x} - 1 + \frac{m^1}{m}\left(\frac{r}{d-x} - \frac{r}{d-r}\right)\right\}$$

— Quer dizer...? — perguntou Michel.

— Quer dizer que: metade de v dois menos v zero quadrado é igual a gr multiplicado por r sobre x menos um, mais m primo sobre m multiplicado por r sobre d menos x, menos r sobre d menos r... — respondeu Nicholl.

— X sobre y montado em z por cima de p! — exclamou Michel Ardan, caindo na gargalhada. — E você entende isso tudo, capitão?

— Lógico.

— E como! É óbvio ululante, não preciso perguntar mais nada — disse Michel.

— Seu galhofa inveterado! Pediu álgebra, então vai ficar com álgebra até o pescoço! — retrucou Barbicane.

— Prefiro que me enforquem!

— De fato, me parece um bom achado, Barbicane. É o integral da equação vis-viva, e não duvido que chegue ao resultado desejado — respondeu Nicholl, que examinava a fórmula com olhar experiente.

— Mas eu gostaria de entender! Daria dez anos da vida de Nicholl para entender! — exclamou Michel.

— Então me escute. Metade de v dois menos v zero ao quadrado é a fórmula que nos dá a semivariação da vis-viva — respondeu Barbicane.

— Bom, e Nicholl sabe o que quer dizer?

— Sem a menor dúvida, Michel. Esses símbolos todos, que parecem cabalísticos aos seus olhos, formam, na realidade, a língua mais clara, nítida e lógica para quem sabe lê-la — respondeu o capitão.

— E você alega, Nicholl, que, por meio desses hieróglifos, mais incompreensíveis do que os íbis egípcios, encontraria a velocidade inicial necessária ao projétil? — insistiu Michel.

— Sem a menor dúvida. Inclusive, por essa fórmula, eu saberia também dizer qual é sua velocidade em determinado ponto do percurso — respondeu Nicholl.

— Jura?

— Juro.

— Então você é esperto, assim, que nem nosso presidente?

— Não, Michel. O mais difícil foi o que Barbicane fez, estabelecer uma equação que considere todas as condições do problema. O resto é mera questão de aritmética e exige apenas o conhecimento das quatro regras.

— Já é impressionante! — respondeu Michel Ardan, que nunca acertara uma soma e definiria a regra assim: "Quebra-cabeça chinês que obtém totais indefinidamente variados."

Barbicane insistiu que Nicholl, pensando bem, decerto chegaria à mesma fórmula.

— Não sei, não — respondeu Nicholl —, pois, quanto mais a estudo, mais a acho maravilhosa.

— Agora, me escute — disse Barbicane ao camarada ignorante —, e verá que todas essas letras têm sentido.

— Escuto — respondeu Michel, resignado.

— d é a distância do centro da Terra ao centro da Lua, pois são os centros necessários para calcular a atração — disse Barbicane.

— Isso eu entendi.

— r é o raio da Terra.

— *r* de raio. Certo.

— *m* é a massa da Terra, *m* primo, a massa da Lua. Na realidade, é preciso considerar a massa dos dois corpos de atração, pois a atração é proporcional às massas.

— Compreendido.

— *g* representa a gravidade, a velocidade adquirida ao fim de um segundo para um corpo que cai na superfície da Terra. Está claro?

— Límpido! — respondeu Michel.

— Agora, represento por *x* a distância variável que separa o projétil do centro da Terra, e por *v* a velocidade do projétil nessa distância.

— Está bem.

— Por fim, a expressão *v* zero na equação é a velocidade do projétil ao sair da atmosfera.

— Na realidade, é nesse ponto que devemos calcular a velocidade, pois já sabemos que a velocidade de partida vale exatamente três meios da velocidade ao sair da atmosfera — acrescentou Nicholl.

— Me perdi! — disse Michel.

— Mas é muito simples — falou Barbicane.

— Eu sou mais simples — retrucou Michel.

— Quer dizer que, quando nosso projétil chegou ao limite da atmosfera terrestre, já tinha perdido um terço da velocidade inicial.

— Isso tudo?

— Sim, meu amigo, só pelo atrito das camadas atmosféricas. Você deve entender que, quanto mais rápido ele andasse, mais encontraria resistência do ar.

— Isso eu aceito e até entendo, embora seus *v* zero dois e *v* zero ao quadrado chacoalhem na minha cabeça como pregos ensacados! — respondeu Michel.

— É o primeiro efeito da álgebra. E agora, para acabar com você, estabeleceremos o dado numérico dessas diversas expressões, ou seja, numerar seus valores — retrucou Barbicane.

— Acabem comigo! — respondeu Michel.

— Entre essas expressões, algumas já são sabidas, e outras devemos calcular — disse Barbicane.

— Eu cuido dessas últimas — disse Nicholl.

— Vejamos r — continuou Barbicane. — r é o raio da Terra, que, na latitude da Flórida, nosso ponto de partida, equivale a 6.370.000 metros. d, ou seja, a distância entre o centro da Terra e o centro da Lua, vale 56 raios terrestres, ou seja...

Nicholl calculou rapidamente.

— Ou seja, 356.720.000 metros, no momento de perigeu da Lua, ou seja, quando está mais próxima da Terra — respondeu.

— Certo. Agora, m primo sobre m, ou seja, a proporção da massa da Lua e da massa da Terra, é equivalente a 1/81 — disse Barbicane.

— Perfeito — falou Michel.

— g, a gravidade, é de 9,81 metros na Flórida. Portanto, gr resulta em...

— 62.426.000 metros quadrados — respondeu Nicholl.

— E agora? — perguntou Michel Ardan.

— Agora que numeramos as expressões — replicou Barbicane —, vou procurar a velocidade v zero, ou seja, a velocidade que o projétil deve ter ao sair da atmosfera para chegar ao ponto de atração igual com velocidade nula. Como, nesse momento, a velocidade será nula, determino que será igual a zero, e que x, a distância em que se encontra esse ponto neutro, será representada por nove décimos de d, isto é, a distância que separa os dois centros.

— Tenho uma noção vaga de que faz sentido — disse Michel.

— Chegarei a: x é igual a nove décimos de d, e v é igual a zero, então minha fórmula será...

Barbicane escreveu rapidamente no papel:

$$v_0^2 = 2gr \left\{ 1 - \frac{10r}{9d} - \frac{1}{81} \left(\frac{10r}{d} - \frac{r}{d-r} \right) \right\}$$

Nicholl leu com o olhar ávido.

— É isso! É isso! — exclamou.

— E está claro? — perguntou Barbicane.

— Está a lume! — respondeu Nicholl.

— Que brava gente! — murmurou Michel.

— Entendeu, por fim? — indagou Barbicane.

— Se eu entendi! Minha cabeça está é explodindo! — exclamou Michel Ardan.

— Assim — continuou Barbicane —, v zero dois é igual a dois gr multiplicado por um, menos dez r sobre nove d, menos 1/81 multiplicado por dez r sobre d menos r sobre d menos r.

— E agora, para obter a velocidade do projétil ao sair da atmosfera, basta calcular — disse Nicholl.

O capitão, cuja experiência enfrentava qualquer dificuldade, começou a calcular com velocidade espantosa. Divisões e multiplicações escorriam de seus dedos. Os números inundavam a folha em branco. Barbicane o acompanhava com o olhar, enquanto Michel Ardan apertava com as duas mãos a cabeça, onde nascia uma enxaqueca.

— Então — pediu Barbicane, após vários minutos de silêncio.

— Assim — continuou Barbicane —, v zero dois é igual a dois gr multiplicado por um, menos dez r sobre nove d, menos 1/81 multiplicado por dez r sobre d menos r sobre d menos r.

— E agora, para obter a velocidade do projétil ao sair da atmosfera, basta calcular — disse Nicholl.

"Se eu entendi! Minha cabeça está é explodindo!"

O capitão, cuja experiência enfrentava qualquer dificuldade, começou a calcular com velocidade espantosa. Divisões e multiplicações escorriam de seus dedos. Os números inundavam a folha em branco. Barbicane o acompanhava com o olhar, enquanto Michel Ardan apertava com as duas mãos a cabeça, onde nascia uma enxaqueca.

— Então — pediu Barbicane, após vários minutos de silêncio.

— Então, após todos os cálculos, v zero, isto é, a velocidade do projétil ao sair da atmosfera, para chegar ao ponto de atração igual, deveria ser de... — respondeu Nicholl.

— De...? — perguntou Barbicane.

— De 11.051 metros no primeiro segundo.

— Hein? Como é?! — exclamou Barbicane, sobressaltado.

— 11.051 metros.

— Maldição! — gritou o presidente, com expressão de desespero.

— O que houve? — perguntou Michel Ardan, surpreso.

— O que houve? É que se, nesse momento, a velocidade já teria perdido um terço pelo atrito, a velocidade inicial deveria ter sido de...

— 16.576 metros! — respondeu Nicholl.

— E o Observatório de Cambridge declarou que 11 mil metros seriam suficientes para partir, então nosso projétil foi disparado com tal velocidade!

— E então? — perguntou Nicholl.

— E então que será insuficiente!

— Bem.

— Não chegaremos ao ponto neutro!

— Nossa senhora!

— Não chegaremos nem na metade do caminho!

— Pelo amor do canhão! — exclamou Michel Ardan, dando um pulo como se o projétil estivesse prestes a se chocar com o esferoide terrestre.

— Cairemos na Terra!

5

O FRIO ESPACIAL

A revelação caiu como um raio. Quem esperaria um erro de cálculo tamanho? Barbicane não queria nem acreditar. Nicholl revisou os cálculos, mas estavam corretos. Quanto à fórmula que os determinara, não havia como desconfiar da precisão, e, após a verificação, continuou determinado que a velocidade inicial de 16.576 metros no primeiro segundo seria necessária para atingir o ponto neutro.

Os três amigos se entreolharam em silêncio. Nem pensavam mais em comer. Barbicane, rangendo os dentes, franzindo a testa e cerrando os punhos em gestos convulsivos, observava a janela. Nicholl tinha cruzado os braços diante dos cálculos. Michel Ardan só fazia murmurar:

— É a cara desses estudiosos! É sempre assim! Daria vinte pistolas para cair bem em cima do Observatório de Cambridge e esmagá-lo junto com todos os tarados por números lá dentro!

De repente, o capitão fez uma reflexão que dirigiu diretamente a Barbicane.

— Ora essa! São 7h. Então, faz 32 horas que viajamos. Percorremos mais da metade do trajeto e, que eu saiba, não estamos caindo!

Barbicane não respondeu. Porém, após um olhar rápido para o capitão, pegou um compasso que usava para medir a distância angular do globo terrestre. Em seguida, pelo vidro inferior, fez uma observação precisa, considerando a aparente imobilidade do projétil. Ele se levantou, secou as gotas de suor brotando na testa e anotou alguns números no papel. Nicholl entendeu que o presidente queria deduzir, pela medida do diâmetro terrestre, a distância entre o projétil e a Terra. Ele o olhou, ansioso.

"Daria vinte pistolas."

— Não! — exclamou Barbicane, após alguns instantes. — Não estamos caindo, não! Já nos afastamos mais de 50 mil léguas da Terra! Passamos do ponto em que o projétil teria parado se a velocidade de partida fosse apenas de 11 mil metros! Ainda estamos subindo!

— É óbvio — retrucou Nicholl. — Então, devemos concluir que nossa velocidade inicial, impulsionada pelas 400 mil libras de algodão-pólvora, ultrapassou os 11 mil metros pretendidos. Isso explica também por que encontramos, após apenas treze minutos, o segundo satélite que gravita a quase 2 mil léguas da Terra.

— A explicação se torna ainda mais provável pois, ao expulsar a água contida entre os compartimentos, o projétil de repente perdeu um peso considerável — acrescentou Barbicane.

— Exato! — concordou Nicholl.

— Ah! Meu caro Nicholl! Estamos salvos! — exclamou Barbicane.

— Ora, já que estamos salvos, melhor comer — respondeu Michel Ardan, tranquilo.

Nicholl não se enganara. A velocidade inicial, muito felizmente, fora superior àquela indicada pelo Observatório de Cambridge; porém, o erro do Observatório fora mesmo grande.

Os viajantes, recuperados do alarme falso, se sentaram à mesa para uma refeição alegre. Comeram muito e conversaram mais ainda. A confiança após o "incidente algébrico" era ainda maior do que antes.

— Por que não daria certo? — insistia Michel Ardan. — Por que não chegaríamos lá? Disparamos. Não há obstáculos à nossa frente. Não há pedras no meio do caminho. O trajeto está livre, mais livre do que o do navio que se debate no mar, mais livre do que o do balão, que luta contra o vento! Ora, se os navios chegam aonde querem, se os balões sobem aonde bem desejam, por que nosso projétil não atingiria o destino almejado?

— Atingirá, sim — disse Barbicane.

— Nem que seja apenas pela honra do povo americano, o único povo capaz de levar a cabo tal empreitada, o único que produziria um presidente Barbicane! Ah! Agora que não temos mais preocupações, o que vai acontecer? Vamos morrer de tédio! — acrescentou Michel Ardan.

Barbicane e Nicholl fizeram sinal de negação.

— Mas eu me preparei para isso, meus amigos. É só pedir. Tenho, à disposição, xadrez, damas, baralho, dominó! Só falta bilhar! — continuou Michel Ardan.

— Como é que é? Você trouxe quinquilharias assim? — questionou Barbicane.

— Sem dúvida, e não apenas para nos distrair, mas também na louvável intenção de doá-los para os cafezinhos selenitas — respondeu Michel.

— Amigo, se a Lua for habitada, seus moradores surgiram alguns milênios antes dos da Terra, pois não há dúvida de que é um astro mais antigo do que o nosso. Portanto, se os selenitas existem há centenas de milhares de anos, e se o cérebro deles for organizado com o dos seres humanos, eles já terão inventado tudo que inventamos, e até o que inventaremos nos próximos séculos. Eles não terão o que aprender conosco, enquanto nós teremos tudo a aprender com eles — disse Barbicane.

— Como assim? Você acha que eles tiveram artistas como Fídias, Michelangelo e Rafael? — retrucou Michel.

— Acho.

— Poetas como Homero, Virgílio, Milton, Lamartine, Hugo?

— Certamente.

— Filósofos como Platão, Aristóteles, Descartes, Kant?

— Sem dúvida.

— Estudiosos como Arquimedes, Euclides, Pascal, Newton?

— Juro.

— Atores como Étienne Arnal, e fotógrafos como... como Félix Nadar?

— Com certeza.

— Então me diga, Barbicane, se eles são fortes como nós, talvez mais ainda, por que esses selenitas não tentaram se comunicar com a Terra? Por que não lançaram um projétil lunar até as regiões terrestres?

— E quem disse que não? — respondeu Barbicane, sério.

— De fato, teria sido mais fácil para eles do que para nós, por dois motivos: primeiro, porque a atração é seis vezes menor na superfície da Lua do que na superfície da Terra, o que permite a partida mais fácil de um projétil; segundo, porque bastaria enviar o projétil a 8 mil léguas, em vez de 80 mil, o que exige uma força de projeção dez vezes menor — acrescentou Nicholl.

— Então repito: por que não fizeram isso? — insistiu Michel.

— E eu repito: quem disse que não fizeram? — retrucou Barbicane.

— Quando?

— Há milênios, antes do homem aparecer na Terra.

— E o projétil? Cadê o projétil? Quero ver esse projétil!

— Amigo, o mar cobre cinco sextos do nosso globo. Temos, então, cinco bons motivos para acreditar que o projétil lunar, se foi lançado, está submerso no fundo do Atlântico ou do Pacífico. A menos que tenha caído em alguma fenda, na época em que a crosta terrestre ainda não estivesse bem formada — respondeu Barbicane.

— Barbicane, meu velho, você tem resposta para tudo, e me curvo diante de sua sabedoria. Porém, uma hipótese me agrada mais do que as outras: que os selenitas, por serem mais velhos do que nós, são, também, mais sábios, e portanto nunca inventaram a pólvora! — respondeu Michel.

Nesse momento, Diana entrou na conversa com um latido sonoro, pedindo comida.

— Ah! — exclamou Michel Ardan. — De tanto conversar, esquecemos Diana e Satélite.

Sem demora, eles ofereceram um patê de respeito à cadela, que o devorou com apetite voraz.

Uma boa refeição.

— Está vendo, Barbicane, deveríamos ter transformado este projétil em uma segunda arca de Noé, para levar à Lua um par de todos os animais domésticos! — disse Michel.

— Sem dúvida, mas faltava espaço — respondeu Barbicane.

— Bom, mas era só nos apertarmos um pouquinho! — disse Michel.

— O fato é que o boi, a vaca, o touro, o cavalo, todos os ruminantes nos seriam utilíssimos no continente lunar. Infelizmente, não teríamos como transformar este veículo em curral nem em estábulo — retrucou Nicholl.

— Mas deveríamos ter trazido pelo menos um asno — respondeu Michel Ardan. — Só um asninho, o bicho paciente e corajoso que o velho Sileno gostava de montar! Eu amo tanto esses asnos, coitados! São os animais menos favorecidos de toda a criação. Não apanham apenas em vida, mas também na porta!

— Como assim? — questionou Barbicane.

— Ora! Usa-se a pele deles para fabricar tambor! — retrucou Michel.

Barbicane e Nicholl não conseguiram conter a risada diante da reflexão ridícula. Um grito do companheiro alegre, contudo, os interrompeu. Ele tinha se esticado até o nicho de Satélite e se levantou com a declaração:

— Bem! Satélite não está mais doente.

— Ah! — reagiu Nicholl.

— Não, ele está é morto. Pronto... — acrescentou Michel, em tom de lamúria. — Isso, sim, vai ser um problema. Temo, minha pobre Diana, que vocês não sirvam mais de ancestrais para as legiões lunares!

De fato, o infeliz Satélite não sobrevivera ao ferimento. Ele tinha batido as botas. Michel Ardan, desconcertado, olhou para os amigos.

— Surge aqui uma questão. Não podemos passar mais 48 horas com o cadáver do animal — disse Barbicane.

— Não há dúvida, mas nossas janelas laterais têm dobradiça. Podemos abri-las. Abriremos uma e jogaremos o corpo no espaço — respondeu Nicholl.

O presidente refletiu por alguns instantes antes de declarar:

— Isso mesmo, teremos de prosseguir desse modo, mas com precauções minuciosas.

— Por quê? — questionou Michel.

— Por dois motivos que você vai entender — respondeu Barbicane. — O primeiro diz respeito ao ar contido nesse projétil, que devemos perder na menor quantidade possível.

— Mas não estamos renovando o ar?

— Apenas em parte. Renovamos somente o oxigênio, meu caro Michel, e, ainda assim, temos de cuidar para o aparelho não fornecer quantias exageradas de oxigênio, pois seu excesso nos causaria problemas fisiológicos gravíssimos. Porém, embora renovemos o oxigênio, não renovamos o nitrogênio, o veículo que os pulmões não absorvem e que deve manter-se intacto. Ora, tal nitrogênio escaparia depressa pelas janelas abertas.

— Ah, mas é só o tempo necessário para jogar o coitado do Satélite — disse Michel.

— Estou de acordo, mas que seja rápido.

— Qual é o segundo motivo? — perguntou Michel.

— O segundo motivo é que não devemos deixar entrar no projétil o frio externo, que é excessivo, por perigo de congelarmos vivos.

— Mas o Sol...

— O Sol esquenta nosso projétil, que absorve seus raios, mas não esquenta o vácuo em que flutuamos neste instante. Onde não há ar, não há calor nem luz difusa, e, assim como a escuridão, faz frio onde os raios do Sol não chegam diretamente. Essa temperatura, portanto, é a mesmíssima temperatura produzida pelos raios estelares, ou seja, a que o globo terrestre sofreria se o Sol um dia se extinguisse.

— O que não precisamos temer — respondeu Nicholl.

— Quem sabe? Além do mais, mesmo que o Sol não apague, não pode acontecer de a Terra se afastar dele? — disse Michel Ardan.

— Lá vem Michel com suas ideias! — retrucou Barbicane.

— Ouça! — insistiu Michel. — Não sabemos que a Terra atravessou a cauda de um cometa em 1861? Ora, suponhamos que surja um cometa cuja atração seja superior à solar. Daí, a órbita terrestre se curvará para o astro errante, e a Terra, transformada em seu satélite, será carregada a tal distância que os raios do Sol não terão mais efeito algum em sua superfície.

— É verdade que pode ocorrer, mas as consequências de um deslocamento assim talvez não fossem tão temíveis quanto você supõe — concordou Barbicane.

— Por quê?

— Porque o frio e o calor ainda se equilibrariam em nosso globo. Calculamos que, se a Terra fosse carregada pelo cometa de 1861, não sentiria nem, na maior distância do Sol, um calor dezesseis vezes superior àquele que envia a Lua, um calor que, concentrado no foco das lentes mais fortes, não produz nenhum efeito perceptível.

— É mesmo? — perguntou Michel.

— E espere um pouco — respondeu Barbicane. — Também calculamos que, no periélio, ou seja, na distância mais próxima do Sol, a Terra teria suportado um calor equivalente a 28 mil vezes aquele do verão. Porém, esse calor, capaz de vitrificar as matérias terrestres e vaporizar as águas, formaria um anel espesso de nuvens que atenuaria a temperatura excessiva. Assim, a compensação entre o frio do afélio e o calor do periélio dá uma média que deve ser suportável.

— Mas em quantos graus estimamos a temperatura do espaço planetário? — perguntou Nicholl.

— Antigamente, acreditávamos que a temperatura fosse baixa demais — respondeu Barbicane. — Ao calcular o decrescimento termométrico, chegaram a marcá-la em milhões de graus abaixo de zero. Foi Fournier, compatriota de Michel e ilustre estudioso da Academia Científica, que levou esses números a estimativas mais precisas. De acordo com ele, a temperatura espacial não ultrapassa sessenta graus negativos.

— Nossa! — desdenhou Michel.

— É mais ou menos a temperatura observada nas regiões polares, na ilha Melville ou no forte Reliance. Ou seja, por volta de $56°$ centígrados abaixo de zero — continuou Barbicane.

— Falta provar que Fourier não se equivocou no cálculo. Se não me engano, outro acadêmico francês, o sr. Pouillet, estima a temperatura espacial em 160 graus abaixo de zero. É o que vamos verificar — disse Nicholl.

— Agora não, pois os raios solares, com incidência direta em nosso termômetro, marcariam, ao contrário, uma temperatura elevadíssima — respondeu Barbicane. — Porém, quando chegarmos à Lua, durante as noites de quinze dias que ocupam cada face em alternância, será fácil fazer o experimento, pois nosso satélite se movimenta no vácuo.

— O que você chama de vácuo, exatamente? Seria o vazio absoluto? — perguntou Michel.

— É o vazio absolutamente privado de ar.

— E no qual o ar não é substituído por nada?

— É, sim, substituído. Pelo éter — respondeu Barbicane.

— Ah! E o que é éter?

— O éter, meu amigo, é uma aglomeração de átomos imponderáveis que, em proporção às devidas dimensões, de acordo com os textos de física molecular, são tão afastados quanto os corpos celestes no espaço. Porém, sua distância é inferior a 1/3 milionésimos de milímetro. São esses átomos que, por movimento vibratório, produzem luz e calor, fazendo 430 trilhões de ondulações por segundo, com meros quatro a seis dez milésimos de milímetro de amplitude.

— Bilhões de bilhões! — exclamou Michel. — Então essas oscilações foram medidas e contadas! Isso tudo, meu amigo, Barbicane, são números de estudiosos que espantam ao ouvido, mas não dizem nada à alma.

— Mas é preciso calcular...

— Não. O melhor é comparar. Um trilhão não quer dizer nada. Um objeto de comparação diz tudo. Por exemplo: se você me dissesse que o volume de Urano é 76 vezes maior do que o da Terra, o de Saturno, novecentas vezes maior, o de Júpiter, 1.300 vezes maior, o do Sol, 1.300.000 vezes maior, eu não teria entendido tanto. Prefiro, e muito, as comparações dos velhos almanaques, que explicam a seu jeito bobo: o Sol é uma abóbora de dois pés de diâmetro, Júpiter, uma laranja, Saturno, uma maçã, Netuno, uma cereja pequena, Urano, uma cereja grande, a Terra, um grão-de-bico, Vênus, uma ervilha, Marte, uma cabeçona de alfinete, Mercúrio, um grão de mostarda, e Juno, Ceres, Vesta e Pallas, meros grãos de areia! Assim, dá para saber pelo menos o que imaginar!

Depois dessa tirada de Michel Ardan contra os acadêmicos e os trilhões que eles enfileiram sem a menor hesitação, começaram o processo de enterro de Satélite. Bastaria jogá-lo no espaço, como os marinheiros fazem com seus cadáveres no oceano.

Porém, conforme recomendação do presidente Barbicane, era preciso agir com rapidez, de modo a perder o mínimo possível do ar, cuja elasticidade o espalharia logo pelo vácuo. As porcas da janela da direita, cuja abertura media cerca de trinta centímetros, foram desaparafusadas com cuidado, enquanto Michel, arrependido, se preparava para jogar o cão no espaço.

O vidro, manejado por uma alavanca potente que permitia vencer a pressão do ar interno nas paredes do projétil, girou sem demora na dobradiça, e os homens arremessaram Satélite para fora. Meras moléculas de ar escaparam por pouco, e o método foi tão eficiente que, mais tarde, Barbicane nem temeu aproveitá-lo para se livrar de detritos inúteis que obstruíssem o vagão.

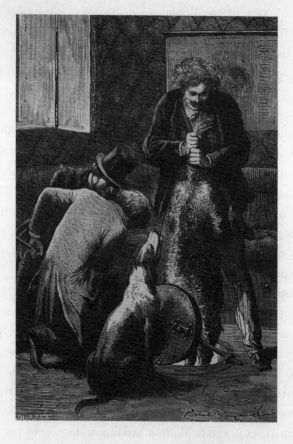

Satélite é jogado para fora.

6
PERGUNTAS E RESPOSTAS

No dia 4 de dezembro, os relógios marcavam 5h da manhã terrestre quando os navegantes despertaram, após 54 horas de viagem. Em questão de tempo, tinham passado da metade da duração prevista para o percurso do projétil em apenas cinco horas e quarenta minutos; em questão de distância, porém, já estavam perto de 70% da travessia. Tal particularidade se devia à diminuição regular da velocidade.

Ao observar a Terra pelo vidro inferior, ela aparecia apenas como uma mancha escura, afogada pelos raios solares. Nada de borda, nem de luz cinzenta. Na meia-noite do dia seguinte, a Terra estaria nova, no momento preciso da Lua cheia. Acima deles, o astro noturno se aproximava cada vez mais da linha traçada pelo projétil, de modo a encontrá-lo na hora indicada. Ao redor, a abóbada sombria era constelada por pontinhos brilhantes que pareciam se deslocar lentamente. Apesar da distância considerável que tinham viajado, o tamanho relativo desses pontos não parecia ter mudado. O Sol e as estrelas apareciam exatamente como se vistos da Terra. Já a Lua tinha crescido muito, embora as lunetas dos viajantes, de pouca potência, ainda não permitissem observações úteis da superfície, tampouco o reconhecimento de disposição topográfica e geológica.

Assim, o tempo se passava em conversas intermináveis. Falavam em especial da Lua. Cada um trazia seu contingente de conhecimentos particulares. Barbicane e Nicholl, sempre sérios, e Michel Ardan, sempre fantasioso. O projétil, sua situação, sua direção, os incidentes que poderiam ocorrer, as precauções necessárias para cair na Lua — temas inesgotáveis das conjecturas.

Durante a refeição, uma pergunta de Michel relativa ao projétil provocou uma resposta bem curiosa de Barbicane, digna de relato.

Michel, supondo que o projétil se detivesse bruscamente, ainda animado pela velocidade inicial impressionante, quis saber quais seriam as consequências de tal fato.

— Mas não entendi como o projétil seria detido — respondeu Barbicane.

— Suponha, apenas — insistiu Michel.

— É uma suposição impensável — retrucou Barbicane, sempre prático. — A menos que a força do impulso lhe fosse insuficiente. Mas, nesse caso, a velocidade diminuiria aos poucos, e ele não se deteria de súbito.

— Imagine que se chocou com outro corpo no espaço.

— Qual?

— Aquele bólide enorme que encontramos.

— O projétil seria estilhaçado e despedaçado, e nós também — argumentou Nicholl.

— Melhor ainda, teríamos sido queimados — acrescentou Barbicane.

— Queimados! Deus do céu! Pena que não tive a oportunidade de ver! — exclamou Michel.

— E teria visto mesmo. Hoje sabemos que o calor é apenas uma modificação do movimento. Quando esquentamos água, isto é, acrescentamos calor a ela, o que fazemos é movimentar as moléculas — respondeu Barbicane.

— Nossa, que teoria interessante! — exclamou Michel.

— E correta, meu caro amigo, pois explica todos os fenômenos calóricos. O calor é apenas um movimento molecular, uma simples oscilação das partículas de um corpo qualquer. Quando apertamos o freio do trem, o trem para. Mas o que acontece com o movimento que o impelia? Ele se transforma em calor, e o freio esquenta. Por que engraxamos os eixos das rodas? Para impedi-los de esquentar, entendendo que tal calor seria um movimento perdido por transformação. Entendeu?

— Entendi, sim! — respondeu Michel, de modo admirável.

— Por exemplo, quando eu corro muito, e acabo exausto, ensopado de suor, sou forçado a parar, e por quê? Porque meu movimento se transformou em calor e só!

Barbicane não conteve o sorriso diante do comentário de Michel. Ele retomou a teoria:

— Portanto, no caso de um choque, nosso projétil seria como uma bala que cai, queimando, após bater na placa de metal. É o movimento que se transformou em calor. Por consequência, afirmo que, se nosso projétil se chocasse com o bólide, a velocidade dele, interrompida bruscamente, causaria um calor capaz de volatilizá-lo em um instante.

— Então, o que aconteceria se a Terra parasse de repente o movimento de translação? — questionou Nicholl.

— A temperatura seria levada a grau tamanho que ela se dissiparia em vapor na hora — respondeu Barbicane.

— Bom, esse, sim, é um fim de mundo bem simples — comentou Michel.

— E se a Terra caísse no Sol? — perguntou Nicholl.

— Pelos cálculos, essa queda desenvolveria um calor equivalente àquele produzido por 1.600 globos de carvão de volume equivalente ao do globo terrestre — replicou Barbicane.

— É um bom acréscimo de calor para o Sol. Os moradores de Urano ou Netuno não teriam do que reclamar, porque devem morrer de frio lá naqueles planetas — brincou Michel Ardan.

— Assim, amigos, qualquer movimento interrompido com brusquidão produz calor — prosseguiu Barbicane. E essa teoria permitiu admitir que o calor do disco solar é alimentado por uma chuva de bólides que cai incessantemente na superfície dele. Chegamos até a calcular...

— Cuidado, que lá vêm os números — murmurou Michel.

— Chegamos até a calcular que o impacto de cada bólide no Sol deve produzir calor equivalente àquele de 4 mil volumes iguais de hulha — continuou Barbicane, imperturbável.

— E qual é o calor solar? — perguntou Michel.

— É equivalente àquele que causaria a combustão de uma camada de carvão de 27 quilômetros de espessura ao redor do Sol.

— E esse calor...

— Seria capaz de fazer ferver 2.900.000.000 de miriâmetros cúbicos de água por hora.

— E ainda assim a gente não assa? — exclamou Michel.

— Não, porque a atmosfera terrestre absorve 40% do calor solar. Além disso, o calor interceptado pela Terra é apenas dois bilionésimos dos raios totais.

— Estou vendo que é tudo melhor assim e que essa atmosfera é uma invenção utilíssima, pois não só nos permite respirar, como nos impede de cozinhar — retrucou Michel.

— Isso mesmo, e, infelizmente, na Lua será diferente — concordou Nicholl.

— Nossa! Se houver habitantes, eles respiram. Se não houver mais, eles ainda terão deixado oxigênio suficiente para três pessoas, nem que seja no fundo das fendas, onde a gravidade o acumularia! Então é só não escalarmos montanhas e pronto! — soltou Michel, sempre confiante.

Michel se levantou e foi admirar o disco lunar, que brilhava com um fulgor inacreditável.

— Minha nossa! Que calor deve fazer lá!

— E lembremos que o dia dura 360 horas! — acrescentou Nicholl.

— Em compensação, as noites têm a mesma duração, e, como o calor é restituído pelos raios, a temperatura deve ser apenas aquela do espaço — argumentou Barbicane.

— Que lindo lugar! — disse Nicholl. — Mas tanto faz! Já queria ter chegado! Meus caríssimos camaradas, será muito curioso ver a Terra como a Lua, notá-la erguer-se no horizonte, reconhecer a configuração de seus continentes, dizer: aqui a América, ali, a Europa, e então acompanhá-la até perdê-la nos raios de Sol! Por sinal, Barbicane, há eclipses visíveis para os selenitas?

— Existem eclipses solares, quando o centro dos três astros se encontra na mesma linha, com a Terra no meio. Mas são eclipses anulares, apenas, durante os quais a Terra, projetada como tela no disco solar, permite enxergar a maior parte — respondeu Barbicane.

— E por que não há eclipse total? O cone de sombra projetado pela Terra não chega além da Lua? — perguntou Nicholl.

— Chega, se não considerarmos a refração produzida pela atmosfera terrestre. Quer dizer, se a considerarmos. Assim, se *delta* primo for a paralaxe horizontal, e *p* primo o semidiâmetro aparente...

— Claro! Meio *v* zero ao quadrado! Fale direito, seu homem algébrico! — exclamou Michel.

— Bem, em língua vulgar, considerando a distância média entre a Lua e a Terra como sessenta raios terrestres, o comprimento do cone de sombra, devido à refração, cai para menos de 42 raios. O resultado, portanto, é que, nos eclipses, a Lua se encontra além do alcance do cone de sombra pura, e o Sol envia a ela não apenas os raios das bordas, mas também do centro — respondeu Barbicane.

— Então, por que há eclipse, se não deveria ocorrer? — perguntou Michel, em tom de zombaria.

— Precisamente porque os raios solares são atenuados pela refração, e porque a atmosfera que eles atravessam apaga a maior parte!

— Fico satisfeito com essa explicação — respondeu Michel. — Além do mais, veremos quando chegarmos lá. Agora me diga, Barbicane. Você acredita que a Lua seja um antigo cometa?

— Que ideia!

— Pois é, tenho várias dessas — respondeu Michel, com vaidade simpática.

— Mas essa ideia não veio de Michel — interveio Nicholl.

— Bom, então sou só um plagiador!

— Sem dúvida — respondeu o capitão. — De acordo com os testemunhos antigos, os moradoras da Arcádia acreditavam que seus ancestrais já habitavam a Terra antes que a Lua se tornasse satélite. Foi por isso que certos pesquisadores viram a Lua como um cometa, cuja órbita um dia se aproximou o suficiente da Terra para ser detida pela atração terrestre.

— E que verdade há nessa hipótese? — perguntou Michel.

— Nenhuma, e a prova é que a Lua não conservou nenhum rastro do invólucro gasoso que sempre acompanha os cometas — respondeu Barbicane.

— Mas a Lua, antes de tornar-se satélite da Terra, não poderia, no periélio, ter passado perto o suficiente do Sol para que evaporassem todas as substâncias gasosas? — retrucou Nicholl.

— Pode até ser, meu amigo, mas é improvável.

— Por quê?

— Porque... Sinceramente, não sei.

— Ah! Poderíamos preencher centenas de volumes com tudo que não sabemos! — exclamou Michel.

— Isso é verdade! Que horas são? — perguntou Barbicane.

— São 15h — respondeu Nicholl.

— Como o tempo passa rápido nessas conversas de pensadores! Para ser sincero, sinto que aprendi até demais. Acho que estou virando um poço de conhecimento! — disse Michel.

Ao dizer isso, Michel subiu até o topo do projétil, "para ver a Lua", explicou. Enquanto isso, os companheiros observaram o espaço pelo vidro inferior. Nada de novo a apreender.

Quando Michel Ardan desceu, se aproximou da janela lateral e, de repente, soltou uma exclamação de surpresa.

— O que houve? — indagou Barbicane.

O presidente se aproximou da janela e notou uma espécie de bolsa achatada que flutuava a alguns metros do projétil. O objeto parecia imóvel, então, por consequência, estaria impelido pelo mesmo movimento ascensional da bala de canhão.

— Que negócio é aquele ali? É um corpúsculo do espaço que nosso projétil retém no raio de atração e que nos acompanhará até a Lua? — perguntou Michel Ardan.

— O espantoso é que a aceleração da gravidade específica desse corpo, que sem dúvida é inferior a de nosso projétil, o permita se manter tão rigorosamente alinhado a nós! — respondeu Nicholl.

Após um momento de reflexão, Barbicane disse:

— Nicholl, não sei que objeto é esse, mas sei muito bem por que se mantém enfileirado com o projétil.

— Por quê?

— Porque estamos flutuando no vácuo, meu caro capitão, e, no vácuo, os corpos caem ou se movimentam, o que significa a mesma coisa, com velocidade igual, independente da forma ou da aceleração gravitacional. É o ar que, por resistência, cria diferenças de peso. Quando criamos o vácuo pneumático em um tubo, os objetos que projetamos lá dentro, grãos de pó ou de chumbo, caem com a mesma rapidez. Aqui, no espaço, a causa é a mesma, e o efeito, também.

— Certíssimo. Então tudo que jogarmos do projétil nos acompanhará pela viagem toda até a Lua — disse Nicholl.

— Ah! Que tolice a nossa! — exclamou Michel.

— Por que tal avaliação? — perguntou Barbicane.

— Porque deveríamos ter enchido o projétil de objetos úteis, livros, instrumentos, ferramentas etc. Jogaríamos tudo pelas janelas, e assim tudo nos acompanharia! Mas, pensando bem... Por que não passeamos lá fora, como esse bólide? Que tal nos jogarmos no espaço? Que prazer seria nos sentirmos assim, suspensos do éter, ainda melhor do que o pássaro que deve sempre bater as asas para se sustentar!

— Certo, mas como respirar? — perguntou Barbicane.

— Maldita falta de ar, que inconveniente!

— Mas se não faltasse, Michel, como sua densidade é inferior à do projétil, você logo ficaria para trás.

— Então é um ciclo vicioso.

— O mais vicioso que há.

— E precisamos ficar aprisionados nesse vagão?

— Precisamos.

— Ah! — gritou Michel, com a voz retumbante.

— Que foi isso? — perguntou Nicholl.

— Já sei, já adivinhei que bólide é esse! Não é nenhum asteroide que nos acompanha! Não é pedaço de planeta algum.

— Então o que é? — questionou Barbicane.

— É nosso infeliz cão! O marido de Diana!

De fato, o objeto deformado, irreconhecível, destruído, era o cadáver de Satélite, achatado como uma gaita de fole murcha, e que subia, subia e subia!

Era o cadáver.

7

UM MOMENTO DE EMBRIAGUEZ

Assim, um fenômeno curioso, mas lógico, e bizarro, mas explicável, ocorria naquelas circunstâncias tão singulares. Qualquer objeto jogado do projétil seguiria a mesma trajetória dele, parando apenas quando ele parasse. A conversa subsequente foi tão extensa que a noite não a esgotou. A emoção dos três exploradores só fazia crescer à medida em que o fim da viagem se aproximava. Eles se preparavam para o imprevisto, para fenômenos novos, e nada os espantaria na disposição em que se encontravam. Sua imaginação elevada se adiantava ao projétil, cuja velocidade diminuía bastante sem que eles a sentissem. A Lua crescia diante dos olhos dos três, que já acreditavam bastar estender a mão para alcançá-la.

No dia seguinte, 5 de novembro, os três já estavam de pé às 5h. Deveria ser o último dia de viagem, se os cálculos estivessem corretos. Naquela meia-noite, dali a dezoito horas, no momento preciso da Lua cheia, eles alcançariam o disco resplandecente. À meia-noite vindoura viria a conclusão da viagem mais extraordinária dos tempos antigos e modernos. Desde a manhã, pelas janelas que brilhavam em prateado por seus raios, eles cumprimentaram o astro noturno com um viva confiante e entusiasmado.

A Lua avançava, majestosa, pelo firmamento estrelado. Depois de mais alguns graus, chegaria ao ponto preciso do espaço onde deveria ocorrer o encontro com o projétil. De acordo com observações próprias, Barbicane calculou que pousariam no hemisfério norte, onde se estendem planícies imensas e as montanhas são raras. Era uma circunstância favorável, caso a atmosfera lunar, como se imaginava, estivesse mesmo acumulada apenas no fundo.

— Além do mais, faz mais sentido desembarcar em uma planície do que em uma montanha. Um selenita que pousasse na Europa pelo Monte Branco, ou na Ásia pelo pico do Himalaia, não teria chegado tão precisamente! — observou Michel Ardan.

— E, em terreno plano, o projétil ficará imóvel assim que aterrissar. Já em um declive, ele rolaria como uma avalanche, e, como não somos esquilos, não sairíamos sãos e salvos. Portanto, é melhor assim — acrescentou Nicholl.

O sucesso do experimento audacioso não parecia mais perigar. Contudo, uma reflexão preocupava Barbicane, que a mantinha em segredo para incomodar os companheiros.

A direção do projétil, mirando o hemisfério norte da Lua, provava que a trajetória fora um pouco modificada. O tiro, pelo cálculo matemático, deveria levar a bala de canhão precisamente ao centro do disco lunar. Se não chegasse ali, seria devido a um desvio. O que o causara? Barbicane não conseguia imaginar, nem determinar a magnitude do desvio, pois lhe faltavam referências. Ele esperava, entretanto, que não tivesse resultado além de levá-los à parte superior da Lua, região mais propícia à aterrissagem.

Portanto, Barbicane, sem comunicar o temor aos amigos, se contentou em observar a Lua com frequência, na tentativa de confirmar que a direção do projétil não se modificaria mais. A situação seria terrível se a bala, errando a mira e levada além do disco, fosse lançada pelo espaço interplanetário.

No momento, a Lua, em vez de parecer achatada como um disco, já demonstrava a convexidade. Se o Sol jogasse os raios sobre ela em ângulo oblíquo, a sombra teria revelado as montanhas altas em destaque nítido. O olhar poderia afundar no abismo escancarado das crateras e acompanhar as ranhuras caprichosas que riscam a imensidão das planícies. Porém, todo o relevo ainda se via nivelado pelo esplendor intenso. Mal se distinguiam as grandes manchas que dão à Lua a aparência de um rosto humano.

— Um rosto, pode até ser, mas fico ofendido pela adorável irmã de Apolo, de semblante todo cheio de cicatrizes! — comentou Michel Ardan.

Os viajantes, tão próximos do destino, não cansavam de observar o novo mundo. A imaginação já os fazia passear pelo território desconhecido. Eles escalavam os picos mais altos. Desciam ao fundo das cavernas. Vez ou outra, acreditavam ver mares vastos, mal contidos pela atmosfera escassa, e cursos d'água que derramavam o tributo das montanhas. Debruçados no abismo, esperavam escutar os ruídos do astro, sempre quieto na solidão do vazio.

O último dia deixou lembranças emocionantes. Eles perceberam os mínimos detalhes. Uma vaga impaciência lhes tomava conforme se aproximavam do fim. A impaciência viria em dobro se sentissem a mediocridade daquela velocidade, que lhes pareceria insuficiente para chegar ao destino. Era porque o projétil já não "pesava" quase nada. Seu peso diminuía pouco a pouco, sem parar, chegando a ser anulado ao passar pelo limite em que as atrações lunares e terrestres se neutralizariam e provocariam efeitos tão surpreendentes.

Apesar das preocupações, Michel Ardan não se esqueceu de preparar a refeição com a pontualidade de costume. Comeram com grande apetite. Nada melhor do que aquele caldo derretido ao calor do gás, do que aquelas carnes em conserva. Algumas taças do bom vinho francês coroaram o banquete. E, a respeito disso, Michel Ardan comentou que os vinhedos lunares, aquecidos pelo sol ardente, deveriam destilar os vinhos mais generosos — se é que ainda existissem. De qualquer modo, o francês precavido não deixara de levar na mala algumas videiras preciosas das regiões do Médoc e da Côte-d'Or, aos quais dava especial valor.

O aparelho de Reiset e Regnault continuava funcionando com precisão extrema, e o ar se mantinha em estado perfeito de pureza. Nenhuma molécula de gás carbônico resistia ao potássio, e o oxigênio, segundo o capitão Nicholl, "era sem dúvida da melhor qualidade". O pouco de vapor de água contido no projétil se mesclava àquele ar, aliviando a secura, e poucos apartamentos de Paris, Londres ou Nova York, salões e teatros, poderiam se igualar em questão de higiene.

Porém, para funcionar direito, era preciso que o aparelho fosse mantido em bom estado. Portanto, toda manhã, Michel conferia os reguladores de fluxo, testava as válvulas e regulava com pirômetro o calor do gás. Tudo corria bem até então, e os viajantes, imitando o digno J. T. Maston, começavam a ganhar peso. Acabariam irreconhecíveis se ficassem aprisionados por alguns meses ali. Em suma, comportavam-se como as galinhas presas: engordavam.

Olhando pela janela, Barbicane viu o espectro do cão e dos diversos objetos jogados para fora do projétil, que o acompanhavam, obstinados. Diana uivava, melancólica, ao notar os restos mortais de Satélite. Tais escombros pareciam tão imóveis quanto se estivessem pousados em terra firme.

— Sabiam, amigos, que, se um de nós sucumbisse ao ricochete da partida, seria uma dificuldade enterrá-lo, isto é, "eterá-lo", visto que, aqui, no lugar da terra há éter! Imaginem só o cadáver acusador que nos seguiria como um encosto espaço afora! — disse Michel Ardan.

— Seria uma tristeza — disse Nicholl.

— Ah! — continuou Michel. — Só lamento de não poder passear por lá. Que volúpia flutuar em meio a esse éter radiante, banhar-me nele, rolar pelos raios puros de sol! Se ao menos Barbicane tivesse pensado em trazer um escafandro e uma bomba de ar, eu me aventuraria e posaria como uma quimera e um hipogrifo na ponta do projétil.

Posaria como uma quimera.

— Bom, meu velho Michel, você não aguentaria a pose de hipogrifo por muito tempo, porque, apesar do escafandro, inchado pela expansão do ar contido em si, você acabaria explodindo como um obus, ou, melhor, estourando como um balão que subiu demais. Portanto, não lamente por nada e não esqueça o seguinte: enquanto flutuarmos no vácuo, é preciso proibir qualquer passeio sentimental fora do projétil! — respondeu Barbicane.

Michel Ardan se convenceu, até certo ponto. Ele concordou que era difícil, mas não "impossível", palavra que se recusava a pronunciar.

A conversa foi do assunto a outro, sem morrer por um instante sequer. Parecia aos três amigos que, naquelas condições, as ideias brotavam no cérebro como as folhas sob o primeiro calor da primavera. Eles se sentiam verdejantes.

Em meio às perguntas e respostas cruzadas daquele dia, Nicholl levou uma questão que não encontrou solução imediata.

— Vejam bem — disse ele. — Ir à Lua é ótimo, mas como voltaremos?

Os dois interlocutores se entreolharam, surpresos. Parecia que aquela eventualidade lhes ocorria pela primeira vez.

— Como assim, Nicholl? — perguntou Barbicane, sério.

— Pedir para voltar de um lugar ao qual ainda nem chegamos não me parece adequado — acrescentou Michel.

— Não estou querendo voltar atrás, mas reitero a pergunta: como voltaremos? — retrucou Nicholl.

— Não faço ideia — respondeu Barbicane.

— E eu, se soubesse voltar, nem teria ido — disse Michel.

— Que resposta! — exclamou Nicholl.

— Estou de acordo com Michel e acrescento que a questão é irrelevante no momento. Mais tarde, quando considerarmos conveniente retornar, trataremos disso. Embora o canhão não esteja lá, o projétil sempre estará — disse Barbicane.

— Muito útil, uma bala sem fuzil!

— O fuzil, se fabrica. A pólvora, se faz! Não imagino que falte metal, nitrato de potássio nem carvão nas entranhas da Lua. Além do mais, para voltar, basta superar a atração lunar, e após meros 8 mil léguas cairíamos no globo terrestre, apenas devido às leis da gravidade — respondeu Barbicane.

— Basta. Nem falemos de voltar! Já discutimos demais. Quanto à comunicação com nossos antigos colegas terrestres, não vejo dificuldade — declarou Michel, exaltado.

— Como assim?

— Basta lançar bólides por meio dos vulcões lunares.

— Ótima ideia, Michel — falou Barbicane, convencido. — O cálculo determina que uma força cinco vezes superior à de nossos canhões bastaria para enviar um bólide da Lua à Terra. Ora, qualquer vulcão tem potência de propulsão superior a isso.

— Viva! — gritou Michel. — Que fatores cômodos aos nossos bólides, que, ainda por cima, não nos custariam nada! Como riremos da administração dos correios! Mas veja, pensei aqui...

— Pensou no quê?

— Uma ideia incrível! Por que não atamos um cabo ao nosso projétil? Poderíamos trocar telegramas com a Terra.

— Que diacho! E o peso de um cabo de mais de 96 mil léguas, não é nada? — retrucou Nicholl.

— Nada! Triplicaríamos a carga do canhão! Quadruplicaríamos, quintuplicaríamos! — vociferou Michel, cuja entonação ficava cada vez mais violenta.

— Há apenas uma sutil objeção ao seu projeto: durante o movimento de rotação do globo, nosso cabo se enroscaria como uma corrente no cabrestante, e inevitavelmente nos puxaria de volta para a Terra — respondeu Barbicane.

— Pelo amor das 39 estrelas da União! Hoje só tive ideias impraticáveis! Ideias dignas de J. T. Maston! Pensando bem, se não voltarmos à Terra, J. T. Maston é capaz de vir nos encontrar! — disse Michel.

— Ele virá mesmo! — respondeu Barbicane. — É um camarada digno e corajoso. Afinal, nada é mais simples. O canhão não continua instalado na terra da Flórida? Não há algodão e ácido nítrico de sobra para fabricar piroxilina? A Lua não passará de novo pelo zênite da Flórida? Em dezoito anos, não ocupará exatamente a mesma posição de hoje?

— É verdade, Maston virá, e acompanhado de nossos amigos Elphiston, Blomsberry, de todos os membros do Gun Club, que serão muito bem recebidos! E, depois, instalaremos trens de projétil entre a Terra e a Lua! Um viva a J. T. Maston! — concordou Michel.

É provável que, embora o honrado J. T. Maston não tivesse escutado os vivas em sua homenagem, ao menos suas orelhas tenham esquentado. O que ele estaria fazendo naquele momento? Sem dúvida, posicionado nas Montanhas Rochosas, na estação de Longs Peak, procurava o projétil invisível flutuando no espaço. Enquanto ele pensava nos queridos companheiros, deve-se notar que estes não lhes estavam em dívida, pois, sob a influência de singular exaltação, dedicaram a ele seus melhores pensamentos.

Porém, de onde vinha tanta animação, que crescia visivelmente nos passageiros do projétil? A sobriedade não estava em questão. Aquela estranha animação cerebral se devia às circunstâncias excepcionais em que se encontravam, à proximidade do astro do qual meras horas os separavam, a alguma influência secreta da Lua sobre o sistema nervoso? O rosto deles ruborizava como se exposto à reverberação de um forno; a respiração se excedia, os pulmões trabalhando como um fole de ferreiro; os olhos brilhavam com uma chama extraordinária; a voz detonava em tons estrondosos; as palavras estouravam como uma rolha de champanhe expulsa pelo gás carbônico; os gestos iam se tornando preocupantes, de tanto espaço que lhes era necessário. Além do mais, detalhe notável: eles nem percebiam a tensão excessiva que lhes tomava o humor.

— Agora que não sei se voltaremos da Lua, quero saber o que faremos lá — disse Nicholl, seco.

— O que faremos lá? Não faço a menor ideia! — respondeu Barbicane, batendo os pés como se em uma sala de armas.

— Não faz a menor ideia?! — berrou Michel, um urro que espalhou pelo projétil uma reverberação sonora.

— Não, nem imagino! — retrucou Barbicane, igualando o tom do interlocutor.

— Ora! Já eu, sei — respondeu Michel.

— Então desembuche — gritou Nicholl, que não conseguia mais conter o estrondo da voz.

— Desembucharei se assim desejar! — exclamou Michel, apertando com certa força o braço do companheiro.

— É preciso que deseje. Foi você quem nos arrastou para essa viagem formidável, e queremos saber o porquê! — disse Barbicane, com o olhar ardente e a mão em ameaça.

— Pois sim! Agora que nem sei aonde vou, quero saber por que vou! — insistiu o capitão.

— Por quê? — gritou Michel, quicando em saltos de um metro. — Por quê? Para nos apossarmos da Lua em nome dos Estados Unidos! Para acrescentar um quadragésimo estado à União! Para colonizar as regiões lunares, cultivá-las, povoá-las, transportar todos os prodígios da arte, da ciência e da indústria! Para civilizar os selenitas, a menos que já sejam mais civilizados que nós, e constituir sua república, se já não o tiverem feito!

— E se não houver selenitas? — retrucou Nicholl, que, sob o efeito daquela embriaguez inexplicável, se tornara muito antagônico.

— E quem disse que não há selenitas? — gritou Michel, em tom de ameaça.

— Eu disse! — urrou Nicholl.

— Capitão, não repita essa insolência, senão a enfiarei no fundo da sua garganta com um soco nos dentes! — advertiu Michel.

Os dois estavam prestes a se engalfinhar, e a discussão incoerente, a degenerar-se em combate, quando Barbicane interveio, com um salto impressionante.

— Parem com isso, seus infelizes — disse, apartando os dois companheiros. — Se não houver selenitas, não tem problema!

— Pois é — exclamou Michel, como se não argumentasse o contrário —, não tem problema. Basta criarmos selenitas! Abaixo os selenitas!

— Que venha a nós o império da Lua — disse Nicholl.

— Nós três constituiremos a república!

— Eu serei o congresso — gritou Michel.

— E eu, o senado — respondeu Nicholl.

— E Barbicane, o presidente — berrou Michel.

— Não serei um presidente nomeado pela nação! — respondeu Barbicane.

— Ora, é um presidente nomeado pelo congresso, e, como sou o congresso, o nomeio com unanimidade! — gritou Michel.

— Viva! Viva! Viva o presidente Barbicane! — exclamou Nicholl.

— Hip! Hip! Hip! — vociferou Michel Ardan.

Em seguida, o presidente e o senado entoaram, com a voz horrível, a popular canção "Yankee Doodle", enquanto o congresso fazia ressoar os graves masculinos da Marselhesa.

Começou então uma ciranda desgovernada, com gestos absurdos, passos fortes e loucos, cambalhotas de palhaços desossados. Diana, entrando na dança, e também aos berros, pulou até o topo do projétil. Escutaram ruídos inexplicáveis de asas, cocoricós de sonoridade bizarra. Cinco ou seis galinhas saíram voando, debatendo-se contra as paredes como morcegos ensandecidos...

E então, os três companheiros de viagem, cujos pulmões se desorganizavam sob influência incompreensível, além da bebedeira, queimados pelo ar que incendiava o aparelho respiratório, caíram inertes no fundo do projétil.

Então começou a dança.

8
A 78.114 LÉGUAS

O que havia acontecido? Qual seria a causa daquela embriaguez peculiar cujas consequências poderiam ser desastrosas? Um simples descuido de Michel, que, muito felizmente, Nicholl foi capaz de remediar a tempo.

Após um verdadeiro desmaio que durou alguns minutos, o capitão, o primeiro a despertar, recobrou a capacidade intelectual.

Embora tivesse comido apenas duas horas antes, ele sentiu uma fome terrível, que o carcomia como se não se alimentasse havia dias. Tudo nele, estômago e cérebro, estava estimulado ao grau mais excessivo.

Então, ele se levantou e exigiu de Michel uma refeição suplementar. Michel, apagado, não respondeu. Nicholl decidiu, portanto, preparar algumas xícaras de chá, destinadas a facilitar a absorção de uma dúzia de sanduíches. Primeiro, precisava acender o fogo, então friccionou com vigor um fósforo.

Que surpresa não teve ao ver brilhar o enxofre com um fulgor extraordinário, quase agressivo aos olhos! Da saída de gás que acendeu, jorrou uma labareda comparável aos jatos de luz elétrica.

Uma revelação se formou na cabeça de Nicholl. A intensidade da luz, os transtornos psicológicos ocorridos nele, a agitação exagerada de todas as suas faculdades morais e passionais — ele entendeu tudo.

— O oxigênio! — exclamou.

Ao se debruçar sobre o aparelho de ar, viu que a saída deixava escapar livremente o gás incolor, insípido, inodoro, essencialmente vital, mas que, em estado puro, causa distúrbios dos mais graves no organismo. Por imprudência, Michel abrira demais a saída do aparelho!

Nicholl suspendeu de imediato o vazamento de oxigênio, que saturara a atmosfera e que levaria à morte dos viajantes, não por asfixia, e sim por combustão.

Após uma hora, o ar menos carregado devolveu aos pulmões o ritmo normal. Pouco a pouco, os três amigos se recuperaram da embriaguez; porém, era preciso absorver o oxigênio, como o bêbado aos poucos absorve o vinho.

Quando Michel soube de sua responsabilidade no incidente, não se mostrou nada incomodado. A embriaguez inesperada rompera a monotonia da viagem. Muitas besteiras foram ditas sob a influência dela, mas esquecidas em mesma proporção.

— Além do mais, não me incomoda ter provado um pouco desse gás narcótico — acrescentou o alegre francês. — Sabiam, meus amigos, que há a oportunidade de abrir um estabelecimento curioso, com cabines de oxigênio, onde pessoas de organismo enfraquecido poderiam, por algumas horas, provar de uma vida mais ativa! Imaginem reuniões de ar saturado desse fluido heroico, teatros cujas salas o inspirassem em altas doses... que paixão na alma dos atores e dos espectadores, que fogo, que entusiasmo! E se, no lugar de uma simples assembleia, pudéssemos saturar uma população inteira? Que atividade nas funções, que suplemento de vida não seria! Transformaríamos, talvez, uma nação esgotada em uma grande e forte, e sei de mais de um país na velha Europa que deveria tratar-se de oxigênio para fins de saúde!

Michel falava com animação, como se a saída de oxigênio ainda estivesse escancarada. Porém, com uma só frase, Barbicane fez murchar o entusiasmo.

— Pode até ser, meu amigo, mas que tal nos dizer de onde vieram as galinhas que se misturaram ao nosso concerto?

— As galinhas?

— Isso mesmo.

De fato, meia dúzia de galinhas e um galo espetacular passeavam de um lado para o outro, voando e cacarejando.

— Ah, essas desajeitadas! Foi o oxigênio que as revoltou! — exclamou Michel.

— Mas o que quer com essas galinhas? — perguntou o presidente Barbicane.

— Aclimatá-las à Lua, ora essa!

— Então por que as escondeu?

— Era uma brincadeira, meu digno presidente, uma simples pegadinha que infelizmente foi interrompida. Eu queria soltá-las no continente lunar sem dizer nada! Hein? Imagine a estupefação de vocês ao ver essas aves terráqueas ciscando o chão da Lua!

— Ah! Seu moleque, seu eterno moleque! Você nem precisa de oxigênio para ter essas ideias! Vive sempre sob influência do gás! É sempre louco! — respondeu Barbicane.

— Ora, quem sabe, então, se não somos sábios? — retrucou Michel Ardan.

Após essa reflexão filosófica, os três amigos arrumaram a bagunça do projétil. Devolveram as galinhas e os galos à gaiola. Porém, no processo, Barbicane e os dois companheiros sentiram nitidamente um novo fenômeno.

Desde o momento em que saíram da Terra, o peso deles, o do projétil e o dos objetos ali contidos tinham sofrido uma diminuição progressiva. Embora não desse para constatar essa redução do projétil, chegaria um ponto em que o efeito seria perceptível neles e nos utensílios e instrumentos que utilizavam.

Não é nem preciso dizer que uma balança de comparação não teria indicado tal redução, pois o peso destinado a tirar a medida do objeto teria diminuído em proporção equivalente ao do objeto em si; por outro lado, uma balança de mola, por exemplo, cuja tensão é independente da atração, avaliaria precisamente tal redução.

"O oxigênio!"

Sabemos que a atração, ou aceleração da gravidade, é proporcional à massa e inversamente proporcional ao quadrado da distância. Daí a consequência: se a Terra estivesse só no espaço, se os outros corpos celestes fossem de repente aniquilados, o projétil, de acordo com a lei de Newton, teria perdido peso suficiente para afastar-se da Terra, mas não chegaria a perdê-lo por inteiro nunca, pois a atração terrestre seria sentida a qualquer distância.

Porém, no caso atual, deveria chegar um momento em que o projétil não estaria submetido de modo algum às leis da aceleração a gravidade, abstraindo os outros corpos celestes, cujo efeito poderíamos considerar como nulo.

Na realidade, a trajetória do projétil ocorria entre a Terra e a Lua. Conforme se afastava da Terra, a atração terrestre diminuía em proporção contrária ao quadrado da distância, mas a atração lunar também aumentava na mesma proporção. Deveria, portanto, haver um ponto em que as duas atrações se neutralizariam, e o projétil não pesaria mais nada. Se a massa da Lua e da Terra fosse igual, o ponto em questão se encontraria em distância igual dos dois astros. Porém, considerando a diferença de massa, era fácil calcular que o ponto se situaria em 47/52 da viagem, ou seja, a 78.114 léguas da Terra.

Nesse ponto, um corpo livre de qualquer princípio de velocidade ou deslocamento intrínseco permaneceria para sempre imóvel, estando atraído na mesma proporção pelos dois astros, sem que nada o solicitasse mais para um do que para outro.

Ora, o projétil, caso a força de impulso fosse calculada com total precisão, deveria atingir esse ponto com velocidade nula, tendo perdido qualquer indício de atração da gravidade, assim como todos os objetos que continha.

O que aconteceria, então? Três hipóteses se apresentavam.

Ou o projétil conservaria ainda certa velocidade e, ao ultrapassar o ponto de atração equivalente, cairia na Lua devido ao excesso da atração lunar sobre a atração terrestre.

Ou a velocidade seria insuficiente para atingir o ponto de atração equivalente, e ele cairia na Terra devido ao excesso da atração terrestre sobre a atração lunar.

Ou, por fim, animado de velocidade suficiente para atingir o ponto neutro, mas insuficiente para ultrapassá-lo, ele permaneceria suspenso pela eternidade no tal lugar, como o suposto túmulo de Maomé, entre o zênite e o nadir.

Era essa a situação, e Barbicane explicou as consequências com clareza aos companheiros de viagem. Era de supremo interesse dos três. Ora, como reconheceriam que o projétil atingira esse ponto neutro situado a 78.114 léguas da Terra?

Seria no exato momento em que nem eles nem os objetos contidos no projétil estivessem submetidos a qualquer lei da atração da gravidade.

Até ali, os tripulantes, embora constatassem que a ação diminuía aos poucos, ainda não tinham reconhecido uma ausência total. Porém, naquele dia, por volta das 11h, Nicholl deixou um copo escorregar e, em vez de cair, o copo ficou suspenso no ar.

— Ah! Que física divertida! — exclamou Michel Ardan.

De imediato, diversos objetos, armas, garrafas, abandonados a si, se sustentaram como se por milagre. Diana também, posicionada por Michel no ar, imitou, sem qualquer truque, a flutuação maravilhosa dos ilusionistas Caston e Robert-Houdin. A cadela, na verdade, nem parecia perceber que pairava no ar.

Os próprios companheiros de aventura, estupefatos e surpresos, apesar do raciocínio científico, sentiam, levados ao domínio das maravilhas, que a atração da gravidade parara de agir sobre seus corpos. Os braços estendidos não tentavam baixar. A cabeça vacilava no pescoço. Os pés não encostavam mais no fundo do projétil. Eram como bêbados que perdem a estabilidade. A fantasia inventou homens sem reflexo, homens sem sombra; mas ali, a realidade, pela neutralidade das forças de atração, criava homens nos quais nada mais pesava e que, em si, pesavam tampouco!

De repente, Michel, tomando certo impulso, soltou-se do chão e ficou suspenso no ar como o monge do quadro *A cozinha dos anjos*, de Bartolomé Esteban Perez Murillo. Seus dois amigos logo se juntaram a ele, e os três, no centro do projétil, viviam uma ascensão milagrosa.

— É crível? É verossímil? É possível? Não. Porém, é verdade! Ah! Se Rafael nos tivesse visto assim, que "Assunção" retrataria na tela! — declarou Michel.

— A Assunção não pode durar. Se o projétil ultrapassar o ponto neutro, a atração lunar nos puxará até a Lua — respondeu Barbicane.

— Então nossos pés encostarão no topo do projétil — disse Michel.

— Não, porque o projétil, cujo centro de gravidade é baixo, girará devagar — explicou Barbicane.

— Então quer dizer que nossa arrumação toda vai virar de ponta-cabeça!

— Fique tranquilo, Michel. Não há por que temer o movimento. Nenhum objeto sairá do lugar, pois a rotação do projétil ocorrerá em graus imperceptíveis — respondeu Nicholl.

— É verdade — continuou Barbicane. — E, quando ele ultrapassar o ponto de atração equivalente, sua base, mais pesada, o conduzirá seguindo uma linha perpendicular à Lua. Porém, para que esse fenômeno ocorra, precisamos ultrapassar a zona neutra.

— Ultrapassar a zona neutra! Então façamos como os marinheiros ao atravessar o Equador: brindemos à passagem! — exclamou Michel.

"Ah! Se Rafael nos tivesse visto assim."

Um leve movimento lateral levou Michel à parede acolchoada. Lá, buscou uma garrafa e taças, as posicionou "no ar" diante dos companheiros e, com um tintim alegre, eles brindaram a zona neutra com vivas triplos.

A influência das atrações mal durou uma hora. Os viajantes se sentiram um pouco puxados para baixo, e Barbicane teve a impressão de que a ponta cônica do projétil desviava um pouco do sentido anterior em direção à Lua. Por movimento inverso, a base desviava naquele sentido. A atração lunar dominava, portanto, a atração terrestre. A queda na Lua começava ali, ainda quase imperceptível; deveria ser apenas de um milímetro e um terço no primeiro segundo. Porém, pouco a pouco, a força de atração aumentaria, a queda se acentuaria, e o projétil, puxado pela base, voltaria o cone superior para a Terra e cairia com velocidade crescente na superfície do continente selenita. Atingiriam, enfim, o destino. Nada mais poderia impedir o sucesso da empreitada dali em diante, e Nicholl e Michel Ardan compartilharam da alegria de Barbicane.

Eles conversaram sobre todos esses fenômenos que os fascinavam. O assunto da neutralização das leis da gravidade, em especial, nunca se esgotava. Michel Ardan, eterno entusiasta, queria chegar a conclusões que eram pura fantasia.

— Ah! Meus digníssimos, que progresso seria se pudéssemos nos livrar assim, na Terra, dessa aceleração da gravidade, dessa corrente que nos ata a ela! Seria a liberdade do prisioneiro! Nada de cansaço, seja dos braços ou das pernas. E, embora seja verdade que precisamos de uma força 150 vezes maior do que a nossa para voar na superfície da Terra, para se sustentar no ar por um simples movimento muscular, sem atração um simples gesto de desejo, um capricho qualquer, nos transportaria pelos ares.

— É verdade, se conseguíssemos suprimir a aceleração da gravidade como suprimimos a dor através de anestesia, isso, sim, mudaria toda a sociedade moderna! — disse Nicholl, às gargalhadas.

— Isso mesmo, destruamos a gravidade e acabemos com os fardos! Chega de gruas, de alavancas, de cabrestantes, de manivelas e dessas engenhocas todas, que não teriam mais função! — exclamou Michel, exaltado pelo tema.

— Belas palavras, mas, se nada mais pesasse, nada ficaria no lugar, nem o chapéu na sua cabeça, caro Michel, nem sua casa, cujas pedras se sustentam apenas pelo peso! Nem os barcos, cuja estabilidade na água é consequência apenas da gravidade. Nem mesmo os oceanos, cujo fluxo não seria mais equilibrado pela atração terrestre. Por fim, nem a atmosfera, cujas moléculas, sem ser retidas, se dissipariam pelo espaço! — retrucou Barbicane.

— Ai, que chatice. Só essa gente positivista para me jogar com violência de volta à realidade — rebateu Michel.

— Se servir de consolo, Michel, embora não exista nenhum astro em que as leis da aceleração gravitacional sejam banidas, você vai, ao menos, visitar um em que essa gravidade é muito menor do que a da Terra.

— A Lua?

— A Lua, sim. Em sua superfície, os objetos pesam seis vezes menos do que na superfície da Terra, um fenômeno facílimo de constatar.

— E nós perceberemos? — perguntou Michel.

— Sem dúvida, pois duzentos quilos pesam apenas trinta na superfície da Lua.

— E nossa força muscular não diminuirá?

— De modo algum. Em vez de subir um metro em um pulo, seu salto passará de dezoito pés de altura.

— Seremos tais como Hércules na Lua! — exclamou Michel.

— Mais ainda porque, se o tamanho dos selenitas for proporcional à massa do globo, eles terão perto de trinta centímetros de altura apenas — respondeu Nicholl.

— Liliputianos! Farei, então, o papel de Gulliver! Imitaremos a fábula dos gigantes! Essa, sim, é a vantagem de deixar nosso planeta e percorrer o sistema solar! — retrucou Michel.

— Um instante, Michel. Se quiser se fazer de Gulliver, visite apenas os planetas inferiores, como Mercúrio, Vênus ou Marte, cuja massa é um pouco menor do que a da Terra. Porém, nem se arrisque nos planetas maiores, Júpiter, Saturno, Urano e Netuno, pois, lá, os papéis seriam invertidos, e você se tornaria liliputiano — respondeu Barbicane.

— E no Sol?

— No Sol, embora a densidade seja quatro vezes menor do que a da Terra, o volume é 1.324.000 mais considerável, e a atração, 27 vezes maior do que na superfície de nosso planeta. Guardando as devidas proporções, os habitantes teriam, em média, sessenta metros de altura.

— Que diabos! Eu seria um mero gnomo, uma formiguinha! — exclamou Michel.

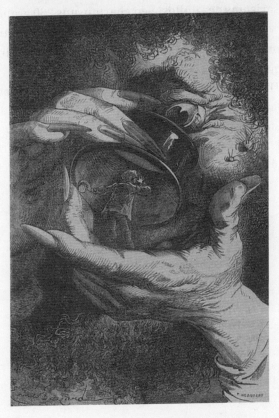

"Eu seria um mero gnomo."

— Gulliver na terra dos gigantes — disse Nicholl.

— Precisamente! — respondeu Barbicane.

— E caberia bem levar um pouco de artilharia para me defender.

— As balas não causariam o menor efeito no Sol e cairiam no chão após poucos metros — retrucou Barbicane.

— Que ideia!

— Uma ideia certeira — respondeu Barbicane. — A atração é tão forte nesse astro enorme que um objeto de setenta quilos na Terra pesaria 1.930 na superfície do Sol. Seu chapéu pesaria uns dez quilos! Seu charuto, uns 250 gramas. Enfim, se você caísse no terreno solar, seu peso seria tamanho, de aproximadamente 2.500 quilos, que não conseguiria nem se levantar!

— Diacho! Precisaria andar com uma gruinha portátil! Está bem, amigos, por hoje, vamos nos contentar com a Lua. Lá, pelo menos, faremos sucesso. Mais tarde, veremos se vale a pena ir a esse tal de Sol, onde só se bebe com um cabrestante para içar o copo até a boca! — exclamou Michel.

9
CONSEQUÊNCIAS DO DESVIO

Barbicane pelo menos não estava mais preocupado com a força do impulso do projétil, embora o sucesso da viagem ainda não fosse garantido. A velocidade o levava para além da zona neutra. Portanto, não voltariam para a Terra nem ficariam paralisados no ponto de atração. Restava a concluir uma só hipótese: a chegada da bala ao alvo sob ação da atração lunar.

Na realidade, era uma queda de 8.296 léguas, em um astro, é verdade, onde a aceleração da gravidade só deve valer um sexto da mesma força na Terra. Ainda assim, seria uma queda impressionante, e era preciso tomar todas as precauções sem delongas.

As precauções tinham dois fins: umas para amortecer o impacto quando o projétil tocasse o solo lunar; outras, para desacelerar a queda e, por consequência, torná-la menos violenta.

Para amortecer o impacto, era frustrante que Barbicane não pudesse mais empregar os métodos que foram tão úteis para atenuar o choque do disparo, ou seja, a água utilizada como mola entre partições. As partições ainda existiam, mas não havia mais água, pois não era possível destinar a esse fim a reserva preciosa para o caso de, nos primeiros dias, não encontrarem o elemento líquido na terra lunar.

Além do mais, a reserva não chegava perto de ser suficiente para servir de mola. A camada de água contida no projétil na partida, na qual repousava o disco hermético, ocupava três pés de altura em uma superfície de 54 pés quadrados. Em volume, media seis metros cúbicos e, em peso, 5.750 quilos. Já os recipientes de água potável não continham nem um quinto do volume. Portanto, era preciso abrir mão desse método tão eficiente de amortecimento para o choque da chegada.

Muito felizmente, Barbicane, insatisfeito com apenas a água, guarnecera o disco móvel de molas fortíssimas, destinadas a atenuar o impacto no fundo após a quebra das partições horizontais. Essas molas ainda existiam; bastava ajustá-las e reposicionar o disco. Seria possível instalar com rapidez todas as peças, de fácil manejo, visto que o peso mal era perceptível.

Foi o que fizeram. Os vários pedaços se encaixaram sem dificuldade. Só precisavam de parafusos e porcas, e ferramentas não faltavam. Logo, apoiaram o disco remanejado nas molas de aço, como uma mesa sobre seus pés. Havia um resultado inconveniente da posição do disco: ele obstruía o vidro inferior. Portanto, era impossível para os viajantes observarem a Lua por aquela abertura quando caíssem em ângulo perpendicular à superfície. Porém, não havia o que fazer. Ademais, pelas aberturas laterais, ainda conseguiriam vislumbrar as vastas regiões lunares, como se enxerga a Terra da cesta de um balão.

A disposição do disco exigiu uma hora de trabalho, e já passara do meio-dia quando concluíram os preparativos. Barbicane fez novas observações sobre a inclinação do projétil, mas, para sua enorme frustração, ele ainda não rodara o suficiente para cair, parecendo seguir uma curva paralela à Lua. O astro noturno brilhava, esplêndido, no espaço, enquanto, do lado oposto, o astro diurno o incendiava de luz.

Essa situação não deixava de ser preocupante.

— Chegaremos, afinal? — perguntou Nicholl.

— Ajamos como se fôssemos chegar — respondeu Barbicane.

— Vocês são dois covardes — retrucou Michel Ardan. — Chegaremos, sim, e mais rápido do que gostaríamos.

Essa resposta fez Barbicane voltar aos preparativos, e ele se dedicou às estruturas destinadas a retardar a queda.

Lembremos a cena da assembleia em Tampa, na Flórida, quando o capitão Nicholl se apresentou como inimigo de Barbicane e adversário de Michel Ardan. Em resposta ao capitão Nicholl, que argumentara que o projétil se estilhaçaria como vidro, Michel respondera que desaceleraria a queda por meio de rojões dispostos de forma conveniente.

Era verdade que foguetes potentes, apoiados no fundo e queimando por fora, poderiam causar um movimento de recuo e, em certa proporção, combater a velocidade do projétil. Esses rojões precisariam queimar no vácuo, de fato, mas não lhes faltaria oxigênio, que eles próprios forneceriam, como os vulcões lunares, cuja deflagração nunca foi impedida pela falta de atmosfera ao redor da Lua.

Barbicane, portanto, se abastecera de fogos de artifício contidos em pequenos canhões de aço furado, que poderia encaixar no fundo do projétil. Por dentro, esses canhões ficavam no nível do piso; por fora, se sobressaíam por quinze centímetros. Eram vinte rojões. Uma abertura feita no disco possibilitava acender o pavio de todos. O efeito aconteceria por inteiro do lado de fora. As substâncias combustíveis já tinham sido enfiadas em cada canhão. Portanto, bastava abrir os obturadores metálicos encaixados no fundo e trocá-los pelos canhões, ajustados ao tamanho com todo o rigor.

Tal novo serviço foi concluído por volta das três horas e, tomadas as devidas precauções, restava apenas esperar.

Enquanto isso, era visível que o projétil se aproximava da Lua. Ele sem dúvida sofria sua influência em certa proporção, mas a própria velocidade também o carregava em um trajeto oblíquo. O resultante das duas influências era uma linha que talvez se tornasse uma tangente. O que era certo era que o projétil não caía normalmente na superfície da Lua, pois sua parte inferior, devido ao peso, deveria ter se voltado para ela.

A preocupação de Barbicane dobrou ao ver o projétil resistir às influências da gravitação. Era o desconhecido que se abria à frente deles; o desconhecido através do espaço interestelar. Ele, o erudito, acreditava ter previsto as três hipóteses possíveis: a volta à Terra, a queda na Lua, a estagnação na zona neutra. Eis que uma quarta hipótese, da dimensão de todos os terrores do infinito, chegava sem pedir licença. Para enfrentá-la sem vacilar, era preciso ser um acadêmico decidido como Barbicane, um homem fleumático como Nicholl ou um aventureiro audacioso como Michel Ardan.

Conversaram sobre o assunto. Outros teriam considerado a questão do ponto de vista prático, perguntado aonde o vagão-projétil os levava. Eles, não. Eles procuraram a causa daquela consequência.

— Então descarrilhamos? Mas por quê? — perguntou Michel.

— Temo que, apesar de todas as precauções, o sentido do canhão estivesse impreciso — respondeu Nicholl. — Um erro ali, por menor que fosse, poderia bastar para nos afastar da atração lunar.

— Então foi um problema de mira? — perguntou Michel.

— Acho que não — disse Barbicane. — A perpendicularidade do canhão foi rigorosa, e seu foco no zênite, incontestável. Ora, quando a Lua passasse no zênite, deveríamos acertar na mosca. Há outro motivo, mas não me ocorre.

— Será que chegamos tarde demais? — perguntou Nicholl.

— Tarde demais? — repetiu Barbicane.

— Isso mesmo — respondeu Nicholl. — A missiva do Observatório de Cambridge argumenta que o trajeto deve ser concluído em 97 horas, treze minutos e vinte segundos. Quer dizer que, antes disso, a Lua ainda não estaria no ponto indicado, e depois, também não estaria mias.

— Certo, mas partimos no dia primeiro de dezembro, às 22h47min25s, e devemos chegar no dia 5 à meia-noite, no momento preciso da Lua cheia — disse Barbicane. — Ora, é dia 5 de dezembro. São 15h30, e oito horas e meia deveriam bastar para levar-nos ao destino. Por que não estamos chegando?

— Seria, talvez, um excesso de velocidade? Afinal, agora sabemos que a velocidade inicial foi maior do que a prevista — respondeu Nicholl.

— Não, de jeito nenhum! Se a direção do projétil estivesse correta, o excesso de velocidade não nos impediria de chegar à Lua. Não! Houve um desvio. Nosso trajeto foi desviado — retrucou Barbicane.

— Por quem? Por quê? — perguntou Nicholl.

— Não sei dizer — respondeu Barbicane.

— Então, Barbicane — interrompeu Michel —, quer saber minha opinião quanto à origem desse desvio?

— Diga.

— Não dou a mínima! Nós nos desviamos, e pronto. Aonde vamos, não estou nem aí! Descobriremos. Diacho! Visto que fomos carregados pelo espaço, acabaremos caindo em algum centro de atração qualquer!

A indiferença de Michel Ardan não satisfazia Barbicane. Não por preocupação com o futuro! Mas ele queria saber, a todo custo, por que seu projétil se desviara.

Enquanto isso, o dito cujo continuava a se deslocar lateralmente à Lua, e, com ele, o cortejo de objetos jogados fora. Barbicane constatou até, por meio de pontos de referência identificados na Lua, com distância inferior a 2 mil léguas, que a velocidade estava se tornando uniforme. Nova prova de que não havia queda. A força de impulso ainda era maior do que a atração lunar, mas a trajetória do projétil sem dúvida o aproximava do disco, e deveria esperar-se que, chegando mais perto, a ação da gravidade predominaria e provocaria uma queda definitiva.

Os três amigos não tinham mais o que fazer, então continuaram a observar. Entretanto, ainda não conseguiam determinar a disposição topográfica do satélite. Os relevos todos eram nivelados pela projeção dos raios de sol.

Eles ficaram olhando pelas janelas laterais até as 20h. A Lua tinha crescido tanto diante deles que escondia metade do firmamento. O Sol de um lado, e o satélite do outro, inundavam o projétil de luz.

Nesse momento, Barbicane acreditou conseguir estimar em apenas 700 léguas a distância até seu destino. A velocidade do projétil lhe parecia ser de duzentos metros por segundo, ou, aproximadamente, 170 léguas por hora. O fundo do projétil tendia a virar para a Lua sob influência da força centrípeta, mas, como a força centrífuga ainda o movia, tornava-se provável que a trajetória retilínea se transformasse em alguma curva, que não dava para determinar.

Barbicane ainda procurava a solução de seu problema insolúvel.

As horas passavam sem resultado. Era visível que o projétil se aproximava da Lua, mas também que não a alcançaria. Quanto à distância mais curta pela qual ele passaria, seria a resultante das duas forças, atrativa e repulsiva, que solicitavam o objeto.

— Só quero uma coisa: passar perto o suficiente da Lua para penetrar seus segredos! — insistia Michel.

— Maldita seja a causa que desviou nosso projétil! — exclamou Nicholl.

— Maldito seja, maldito seja o bólide que cruzamos no caminho! — respondeu Barbicane, como se assolado de súbito.

— Hein? — questionou Ardan.

— Como assim? — exclamou Nicholl.

— Nosso desvio deve-se unicamente ao encontro com aquele corpo errante! — respondeu Barbicane, convencido.

— Mas nem encostamos nele — respondeu Michel.

— Não faz diferença. A massa dele, em comparação com a de nosso projétil, era enorme, e a atração bastou para influenciar nossa direção.

— Pouco assim! — gritou Nicholl.

— Sim, Nicholl, mas, por menor que fosse, na distância de 84 mil léguas, não precisávamos de mais para errar o alvo na Lua! — respondeu Barbicane.

10
OS OBSERVADORES DA LUA

Barbicane sem dúvida encontrara o único motivo plausível para esse desvio. Por menor que fosse, bastara para modificar a trajetória do projétil. Era uma fatalidade. A experiência audaciosa fracassava por uma circunstância tão fortuita, e, salvo algum evento excepcional, não seria mais possível atingir a superfície lunar. Será que passariam perto o suficiente para solucionar certas dúvidas de física ou geologia até então ignoradas? Essa era a única questão que preocupava os intrépidos viajantes naquele momento. Quanto ao que o futuro lhes reservava, não queriam nem imaginar. O que ocorreria com os três em meio àquela solidão infinita, onde o ar em breve acabaria? Dali a poucos dias, acabariam asfixiados dentro daquela bala perdida da aventura. Porém, alguns dias eram como séculos para os exploradores, que consagraram cada instante a observar a Lua que não esperavam mais alcançar.

A distância que separava o projétil do satélite foi estimada em aproximadamente duzentas léguas. Nessas condições, do ponto de vista da visibilidade dos detalhes da superfície, os viajantes estavam tão distantes da Lua quanto os moradores da Terra, armados de telescópios potentes.

Sabemos, de fato, que o instrumento construído por John Ross[1] em Parsonstown, cuja ampliação é de 6.500 vezes, aproxima a Lua a dezesseis léguas; a máquina poderosa instalada em Longs Peak, melhor ainda, ampliava em 48 mil vezes o astro, retratando-o a menos de duas léguas, de modo a enxergar com nitidez suficiente objetos de até dez metros de diâmetro.

Portanto, àquela distância, os detalhes topográficos da Lua, observados sem luneta, não se destacavam. O olho capturava o contorno vasto das imensas depressões, indevidamente chamadas de "mares", mas ainda sem conseguir reconhecer seu aspecto. A saliência das montanhas desaparecia na irradiação esplendorosa causada pelo reflexo dos raios de sol. O olhar, ofuscado como se debruçado sobre um banho de prata fundida, se desviava involuntariamente.

Entretanto, a forma oblonga do astro já se revelava. Ele aparecia como um ovo gigantesco, cuja ponta menor estava voltada para a Terra. Na realidade, a Lua, líquida ou maleável nos primeiros dias de sua formação, compunha inicialmente uma esfera perfeita; porém, ao ser levada ao centro de atração da Terra, ela se alongou por influência da aceleração da gravidade. Ao tornar-se satélite, perdeu a pureza inata de suas formas; seu centro de gravidade se deslocou para adiante do centro do objeto, e, por conta de tal disposição, alguns pesquisadores chegaram à conclusão de que o ar e a água talvez tivessem se refugiado na superfície oposta da Lua, que nunca vemos da Terra.

Essa alteração das formas primitivas do satélite foi perceptível por meros instantes. A distância entre o projétil e o satélite diminuía às pressas, sob velocidade já bem inferior à inicial, mas de oito a nove vezes superior àquela que movimenta

---

1. Na verdade, o telescópio foi construído por William Parsons, conde de Rosse. [N. T.]

os trens nas ferrovias. A direção oblíqua do pelouro, devido à obliquidade em si, deixava em Michel Ardan certa esperança de acertar um ponto qualquer da superfície lunar. Ele não conseguia acreditar que não chegariam. Não! Não acreditava e o repetia sem parar. Porém, Barbicane, mais sensato, não deixava de responder com lógica implacável:

O instrumento.

— Não, Michel, não. Só atingiríamos a Lua pela queda, e não estamos caindo. A força centrípeta nos mantém sob influência lunar, mas a força centrífuga nos afasta de uma forma irresistível.

O tom daquela fala arrancou de Michel Ardan as últimas esperanças.

A porção da Lua da qual se aproximava o projétil era o hemisfério norte, aquele que os mapas selenográficos posicionam em baixo, pois em geral esses mapas são desenhados a partir de imagens fornecidas pelas lunetas, e sabemos que as lunetas invertem os objetos. Era o caso do *Mappa Selenographica* de Beer e Mädler consultado por Barbicane. O hemisfério setentrional apresentava planícies vastas, acidentadas por montanhas isoladas.

À meia-noite, a Lua estava cheia. Naquele momento preciso, os viajantes deveriam ter pousado, se o bólide infeliz não tivesse desviado sua direção. O astro chegava às condições rigorosamente determinadas pelo Observatório de Cambridge. Matematicamente, encontrava-se no perigeu e no zênite do paralelo 28. Um observador posicionado no fundo do enorme canhão instalado de forma perpendicular ao horizonte enquadraria a Lua na boca do cano. Uma linha reta saindo do eixo da arma teria atravessado o centro do astro.

Nem é preciso dizer que, naquela noite do 5 ao 6 de dezembro, os viajantes não descansaram por um instante sequer. Conseguiriam fechar os olhos, tão perto daquele novo mundo? Não. Todos os seus sentimentos se concentravam em uma única ideia: ver! Como representantes da Terra, da humanidade passada e presente, que reuniam em si, seria por seus olhos que a espécie humana veria aquelas regiões lunares e penetraria os segredos do satélite! Uma certa emoção apertava o peito dos três, que andavam em silêncio de uma janela à outra.

As observações, reproduzidas por Barbicane, foram determinadas com rigor. Para fazê-las, havia lunetas. Para acompanhá-las, havia mapas.

O primeiro observador da Lua foi Galileu. Sua luneta, insuficiente, ampliava em apenas trinta vezes. Ainda assim, nas manchas que permeavam o disco lunar, "como os olhos na cauda de um pavão",[2] ele foi o primeiro a reconhecer montanhas e medir algumas alturas, às quais atribuiu, com certo exagero, elevação equivalente ao vigésimo do diâmetro do disco, ou seja, 8.800 metros. Galileu não desenhou nenhum mapa de tais observações.

Alguns anos depois, um astrônomo de Danzig, Hevelius — por procedimentos que só eram precisos duas vezes ao mês, nas primeira e segunda quadraturas —, reduziu as alturas de Galileu a apenas 1/26 do diâmetro lunar. Exagerou ao contrário. Porém, é a esse pesquisador que devemos o primeiro mapa da Lua. As manchas claras e arredondadas formam montanhas circulares, e as manchas escuras indiquem mares vastos, que, na realidade, são meras planícies. Ele deu nomes terrestres a esses montes e oceanos. Vemos o Sinai em meio à Arábia, o Etna no centro da Sicília, os Alpes, os Apeninos, os Cárpatos, o Mediterrâneo, o lago Meótis, o Ponto Euxino, o mar Cáspio. Nomes mal aplicados, na realidade, pois nem as montanhas, nem os mares lembram a configuração dos homônimos no globo. É difícil até, naquela ampla mancha branca, ligada ao sul por continentes vastos e concluída em ponta, reconhecer a imagem invertida da península indiana, do golfo de Bengala e da Conchinchina. Portanto, os nomes não foram conservados. Outro cartógrafo, que conhecia melhor o coração humano, propôs uma nova nomenclatura que a vaidade humana adotou de pronto.

Trata-se do padre Riccioli, contemporâneo de Hevelius. Ele desenhou um mapa grosseiro, repleto de erros. Porém, às montanhas lunares, impôs o nome dos homens ilustres da an-

---

2. Citação do Sidereus Nuncius. [N. T.]

tiguidade e dos estudiosos da época, referência muito seguida dali em diante.

Um terceiro mapa da Lua foi feito no século 17 por Domenico Cassini; superior ao de Riccioli em execução, é impreciso em relação às medidas. Diversas cópias foram publicadas, mas seu tipo, por muito tempo conservado na gráfica Imprimerie Royale, acabou vendido por peso como entulho.

La Hire, famoso matemático e desenhista, compôs um mapa da Lua de quatro metros de altura, que nunca foi impresso.

Após ele, um astrônomo alemão, Tobias Mayer, por volta de meados do século 18, começou a publicar um atlas selenográfico magnífico, a partir de medidas lunares rigorosamente verificadas por ele. Porém, sua morte, em 1762, o impediu de concluir o belo trabalho.

Em seguida, vêm Schröter, de Lilienthal, que esboçou diversos mapas lunares, e um tal Lohrmann, de Dresden, a quem devemos uma placa dividida em 25 seções, das quais quatro foram gravadas.

Foi em 1830 que os srs. Beer e Mädler compuseram seu célebre *Mappa selenographica*, seguindo uma projeção ortográfica. Esse mapa reproduz com exatidão o disco lunar, de acordo com sua aparência; apenas as configurações das montanhas e planícies estão imprecisas, exceto pela parte central; no resto, nas partes setentrionais ou meridionais, orientais ou ocidentais, essas representações, dadas em abreviação, não podem se comparar às do centro. Esse mapa topográfico, de 95 centímetros de altura e dividido em quatro partes, é a obra-prima da cartografia lunar.

Após esses estudiosos, citamos também os relevos selenográficos do astrônomo alemão Julius Schmidt, o trabalho topográfico do padre Secchi, os negativos magníficos do amador inglês Warren de la Rue, e, enfim, um mapa por projeção ortográfica de

Lecouturier e Chapuis, belo modelo composto em 1860, com desenho muito nítido e disposição muito clara.

É essa a nomenclatura dos diversos mapas relativos ao mundo lunar. Barbicane tinha dois, o de Beer e Mädler, e o de Chapuis e Lecouturier. Eles deveriam facilitar o trabalho de observação.

Quanto aos instrumentos ópticos à disposição, eram lunetas marítimas excelentes, montadas em caráter especial para a viagem. Elas ampliavam os objetos em cem vezes. Portanto, aproximariam a Lua da Terra à distância inferior a mil léguas. Porém, na distância que, por volta das 3h, não ultrapassava 120 quilômetros, em um meio desobstruído por qualquer atmosfera, os instrumentos deveriam aproximar a superfície lunar a menos de 1.500 metros.

11

FANTASIA E REALISMO

— Você já viu a Lua? — perguntou, irônico, um professor a seu aluno.

— Não, senhor, mas confesso que já ouvi falar — respondeu o aluno, ainda mais irônico.

Em certo sentido, a resposta brincalhona do aluno poderia ser dada pela imensa maioria dos seres sublunares. Quanta gente ouviu falar da Lua, mas nunca sequer a viu... através de uma luneta ou de um telescópio, pelo menos! Quanta gente nem ao menos examinou o mapa do satélite!

Ao olhar um mapa-múndi selenográfico, uma particularidade chama a atenção logo de início. Diferente da disposição seguida pela Terra e por Marte, os continentes ocupam principalmente o hemisfério sul do globo lunar. Esses continentes não apresentam as fronteiras terminais, tão nítidas e regulares, que desenham a América meridional, a África e a península indiana. Suas costas angulares, excêntricas, inteiramente picotadas, abundam de golfos e istmos. Lembram muito o imbróglio das ilhas da Sonda, cujas terras são excessivamente subdivididas. Se a navegação chegou a existir na superfície lunar, deve ter sido muitíssimo difícil e perigosa, e temos que nos apiedar dos marinheiros e hidrógrafos selenitas, estes últimos durante o levantamento de tais praias atormentadas, e aqueles primeiros quando desembarcavam nas margens perigosas.

Também se nota que, no esferoide lunar, o polo sul é muito mais continental do que o polo norte. Neste último, há somente uma leve calota de terra, separada dos outros continentes por mares vastos.[1] Ao sul, os continentes ocupam quase todo o hemisfério. Portanto, é possível que os selenitas já tenham fincado a bandeira em um de seus polos, enquanto os Franklin, Ross, Kane, Dumont D'Urville e Lambert da vida ainda não alcançaram esse ponto desconhecido do globo terrestre.

Quanto às ilhas, são numerosas na superfície lunar. Quase todas oblongas ou circulares, como se desenhadas à base do compasso, parecem formar um vasto arquipélago, comparável àquele simpático grupo reunido entre a Grécia e a Ásia Menor, que a mitologia ancestral animou nas mais graciosas lendas. Mesmo sem perceber, vêm à mente os nomes de Naxos, Tênedos, Milos e Cárpatos, e procuramos com o olhar a embarcação de Ulisses ou o veleiro dos Argonautas. Pelo menos é o que alegava Michel Ardan; o que ele via no mapa era um arquipélago grego. Aos olhos dos companheiros pouco fantasiosos, o aspecto das orlas lembrava as terras fragmentadas de Nova Brunswick e da Nova Escócia, e, onde o francês via os rastros dos heróis da fábula, os americanos notavam os pontos favoráveis ao estabelecimento de agências mercantis, interessados no comércio e na indústria lunares.

Em conclusão da descrição da parte continental da Lua, algumas palavras sobre sua disposição orográfica. Distinguem-se com muita nitidez as cordilheiras, montanhas isoladas, cra-

---

1. Entende-se que pela palavra "mares" designamos esses espaços imensos que, provavelmente antes cobertos de água, hoje em dia são apenas vastas planícies.

teras e ranhuras. O relevo lunar é todo marcado por essa divisão. Trata-se de terreno bem acidentado: uma Suíça imensa, uma Noruega contínua, onde a ação rochosa foi soberana. Essa superfície, tão rugosa, é resultado das contrações sucessivas da crosta, na época em que o astro estava ainda em formação. O disco lunar é, portanto, propício ao estudo de grandes fenômenos geológicos. De acordo com a avaliação de certos astrônomos, a superfície do satélite, embora mais antiga do que a da Terra, manteve-se mais intacta. Lá, nada de água para deteriorar o relevo primitivo, cuja ação crescente causa uma espécie de nivelamento geral, nem nada de ar cuja influência decomponente modifica o perfil orográfico. Lá, o trabalho rochoso plutônico, não alterado pelas forças marítimas netunianas, encontra-se na pureza originária. É a Terra como foi antes das marés e correntezas espalharem suas camadas sedimentares.

Após vagar pelos vastos continentes, o olhar se atrai pelos mares ainda mais amplos. Não apenas a conformação, a situação e o aspecto lembram os dos oceanos terrestres, como também, semelhante à Terra, tais mares ocupam a maior parte do globo. Entretanto, não se trata de espaços líquidos, e, sim, de planícies cuja natureza os exploradores esperavam determinar em breve.

Os astrônomos, devemos admitir, decoraram esses supostos mares com nomes no mínimo bizarros, que, até aqui, a ciência respeitou. Michel Ardan estava certo ao comparar esse atlas ao mapa sentimental da "*carte du Tendre*",[2] desenhado por alguma Madame du Scudéry ou algum Cyrano de Bergerac.

— Porém — acrescentou ele —, não se trata mais do mapa dos sentimentos, como no século 17, e, sim, do mapa da vida, nitidamente dividido em duas partes, uma feminina, e a outra,

---

2. Mapa de um país imaginário que representa a relação amorosa, inspirado pelo livro *Clélie* da Madame de Scudéry. [N. T.]

masculina. Às mulheres, o hemisfério direito. Aos homens, o esquerdo!

O que as pessoas têm ouvido.

Quando falava assim, Michel fazia os companheiros prosaicos darem de ombros. Barbicane e Nicholl enxergavam o mapa lunar por um ponto de vista diferente daquele do amigo fantasioso. Entretanto, tal amigo tinha um pouquinho de razão. Avaliemos.

No hemisfério da esquerda se estende o "mar das Nuvens", onde tão frequentemente a razão humana se afoga. Pouco além, surge o "mar das Chuvas", alimentado por todos os transtornos da existência. Em seguida, abre-se o "oceano das Tempestades", onde o homem luta sem cessar contra suas paixões, quase sempre vitoriosas. Por fim, esgotado pelas decepções, traições, infidelidades e por todo um cortejo de misérias terrestres, o que encontra ao desfecho do trajeto? O vasto "mar dos Humores", por pouco atenuado por algumas gotas das águas do "golfo do Orvalho"! Nuvens, chuvas, tempestades, humores: será que a vida do homem contém algo além dessas quatro palavras, que a resumem tão bem?

O hemisfério direito, "dedicado às damas", contém mares menores, cujos nomes significativos abarcam todos os acontecidos da existência feminina. É o "mar da Serenidade", sobre o qual se debruça a moça, e o "lago dos Sonhos", que reflete seu futuro risonho! É o "mar do Néctar", com suas ondas de ternura e suas brisas de amor! É o "mar da Fertilidade", o "mar das Crises", o "mar dos Calores", cujas dimensões talvez sejam restritas demais, e, por fim, o vasto "mar da Tranquilidade", que absorve todas as falsas paixões, todos os sonhos inúteis, todos os desejos insatisfeitos, e cujas ondas se derramam com toda a calma no "lago da Morte"!

Que sucessão estranha de nomes! Que divisão singular dos dois hemisférios da Lua, unidos como o homem e a mulher, formando tal esfera da vida transposta ao espaço! O fantasioso Michel não teria razão, afinal, de interpretar assim a fantasia dos antigos astrônomos?

Porém, enquanto a imaginação do francês percorria assim "os mares", seus sérios companheiros consideravam o aspecto mais geográfico. Eles aprendiam a discernir de cor esse novo mundo, mediam seus ângulos e diâmetros.

Para Barbicane e Nicholl, o mar das Nuvens era uma depressão de terreno imensa, salpicada por algumas montanhas circulares, que cobria grande porção do lado ocidental do hemisfério sul;

ocupava 184.800 léguas quadradas, com o centro localizado a 15º de latitude sul e 20º de longitude oeste. O oceano das Tempestades, *Oceanus Procellarum*, a planície mais vasta da superfície lunar, abarcava uma superfície de 328.300 léguas quadradas, com o centro a 10º de latitude norte e 45º de longitude leste. Dele emergiam as admiráveis montanhas radiantes de Kepler e Aristarco.

Mais ao norte, separado do mar das Nuvens por cordilheiras altas, estendia-se o mar das Chuvas, *Mare Imbrium*, cujo ponto central se localizava em 35º de latitude setentrional e 20º de longitude oriental; tinha forma mais ou menos circular, e cobria um espaço de 183.000 léguas quadradas. Perto dali, o mar dos Humores, *Mare Humorum*, pequena bacia de apenas 44.200 léguas quadradas, estava situado a 25º de latitude sul, e 40º de longitude leste. Por fim, três golfos ainda se desenhavam no litoral desse hemisfério: o golfo Tórrido, o golfo do Orvalho, e o golfo das Íris, pequenas planícies contidas por cordilheiras altas.

O hemisfério "feminino", naturalmente mais caprichoso, se distinguia por mares menores e mais numerosos. Eram, ao norte, o mar do Frio, *Mare Frigoris*, em 55º de latitude norte e 0º de longitude, com superfície de 76 mil léguas quadradas, que confinava o lago da Morte e o lago dos Sonhos; o mar da Serenidade, *Mare Sereninatis*, em 25º de latitude norte e 20º de longitude oeste, contendo uma superfície de 86 mil léguas quadradas; o mar das Crises, *Mare Crisium*, bem delimitado e muito redondo, que envolvia, em 17º de latitude norte e 55º de longitude oeste, uma superfície de 40 mil léguas quadradas, um verdadeiro mar Cáspio cravado em um cinturão montanhoso. Em seguida, no Equador, em 5º de latitude norte e 25º de longitude oeste, surgia o mar da Tranquilidade, *Mare Tranquillitatis*, que ocupava 28.800 léguas quadradas; esse mar se conectava, ao sul, com o mar do Néctar, *Mare Nectaris*, extensão de 28.800 léguas quadradas, em 15º de latitude sul e 35º de longitude oeste, e com o mar da Fertilidade, *Mare Fecunditatis*, o mais vasto do hemisfério, ocupando 219.300 léguas quadradas, em 3° de latitude sul e 50° de longitude oeste. Por fim, no extremo norte e no extremo sul, dois mares se distinguiam: o mar de Humboldt, *Mare Humboldtianum*, de 6.500 léguas quadradas de superfície, e o mar Austral, *Mare Australe*, cuja superfície tem 26 milhas.

No centro do disco, montado no Equador e no meridiano zero, se abria o golfo Central, *Sinus Medii*, uma espécie de hífen entre os dois hemisférios.

Como é.

Assim se decompunha, aos olhos de Nicholl e Barbicane, a superfície sempre visível do satélite da Terra. Somando as diversas medidas, concluíram que a superfície daquele hemisfério era de 4.738.160 léguas quadradas, divididos em 3.317.600 léguas para os vulcões, as cordilheiras, as crateras, e as ilhas, isto é, tudo que parecia formar a parte sólida da Lua, e 1.410.400 para os mares, lagos, e pântanos, tudo que parecia formar a parte líquida. O que, por sinal, era ao todo irrelevante para o digno Michel.

Esse hemisfério, como vemos, é 13,5 vezes menor do que o hemisfério terrestre. Entretanto, os selenógrafos já contaram nele mais de 50 mil crateras. É, assim, uma superfície empolada e cravejada, que lembra uma escumadeira, digna da qualificação pouco poética dada a ela pelos ingleses: *green cheese*, ou seja, queijo verde.

Michel Ardan deu um pulo quando Barbicane pronunciou o nome desrespeitoso.

— Imagine só como os anglo-saxões, no século 19, tratam a bela Diana, a loira Febe, a adorável Ísis, a charmosa Astarte, a rainha da noite, a filha de Latona e Júpiter, a irmã mais nova do radiante Apolo! — gritou.

12

DETALHES OROGRÁFICOS

A direção do projétil, como já observamos, o conduzia ao hemisfério setentrional da Lua. Os viajantes estavam distantes do ponto central onde deveriam ter aterrissado, se a trajetória não houvesse sofrido um desvio irremediável.

Era meia-noite e meia. Barbicane estimou a distância, naquele momento, em 1.400 quilômetros, um pouco superior ao comprimento do raio lunar, que deveria diminuir conforme avançavam no sentido do polo norte. O projétil se encontrava, portanto, não na altura do Equador, mas passando pelo décimo paralelo, e, naquela latitude, levantada com cuidado no mapa até o polo, Barbicane e os dois companheiros puderam observar a Lua em melhores condições.

Por meio das lunetas, a distância de 1.400 quilômetros se reduziu a quatorze. O telescópio das Montanhas Rochosas aproximava a Lua ainda mais, mas a atmosfera terrestre atenuaria consideravelmente a potência óptica. Portanto, Barbicane, de binóculo a postos no projétil, já notava certos detalhes quase imperceptíveis aos observadores na Terra.

— Meus amigos, não sei aonde vamos, nem se voltaremos um dia ao globo terrestre — disse o presidente, com a voz severa. — Contudo, vamos proceder presumindo que nosso trabalho vá um dia servir aos nossos semelhantes. Livremos o pensamento de qualquer preocupação. Somos astrônomos. Este projétil é um gabinete do observatório de Cambridge, transportado ao espaço. Observemos.

Dito isso, o trabalho começou com precisão extrema, e ele reproduziu com fidelidade os diversos aspectos da Lua nas distâncias variáveis que o projétil ocupava em relação ao astro.

Enquanto o projétil se encontrava na altura do décimo paralelo norte, parecia seguir com todo o rigor o grau 28 de longitude leste.

Aqui fazemos um comentário importante a respeito do mapa que servia às observações. Nos mapas selenográficos em que, devido à inversão dos objetos pelas lunetas, o sul se encontra no alto, e o norte, embaixo, pareceria natural que, por consequência, o leste fosse posicionado à esquerda, e o oeste, à direita. Entretanto, não é o caso. Se o mapa fosse virado para o outro lado, apresentando a Lua como é vista por nossos olhos, o leste ficaria à esquerda, e o oeste, à direita, ao contrário do que ocorre nos mapas terrestres. Eis o motivo de tal anomalia. Os observadores situados no hemisfério boreal, na Europa, por exemplo, veem a Lua no sul em relação a si. Quando a observam, dão as costas ao norte, posição inversa àquela que ocupam ao considerar um mapa terrestre. Por darem as costas ao norte, o leste se encontra à esquerda, e o oeste, à direita. Para os observadores situados no hemisfério austral, por exemplo, na Patagônia, o oeste da Lua estaria perfeitamente à esquerda, e o leste, à direita, visto que o meio-dia se encontra atrás.

É esse o motivo da aparente inversão dos dois pontos cardinais, que devemos considerar para acompanhar as observações do presidente Barbicane.

Com o auxílio do *Mappa selenographica* de Beer e Mädler, os viajantes reconheciam, sem hesitação, a parte da superfície enquadrada no visor da luneta.

— O que estamos vendo agora? — perguntou Michel.

— A porção setentrional do mar das Nuvens — respondeu Barbicane. — Estamos afastados demais para reconhecer sua natureza. Será que as planícies são compostas de areia árida, como supunham os primeiros astrônomos? Ou são meras florestas imensas, de acordo com a opinião de Warren de la Rue, que atribui à Lua uma atmosfera baixíssima, mas também densíssima? É o que vamos descobrir mais tarde. Não afirmemos nada antes de termos o direito à afirmação.

O mar das Nuvens era delimitado muito dubiamente nos mapas. Supõe-se que essa planície vasta esteja repleta de blocos de lava vomitados pelos vulcões vizinhos da parte direita, Peuerbach, Arzaquel. Porém, o projétil avançava e se aproximava bastante, e logo surgiram os cumes que limitam o mar na fronteira setentrional. Diante deles, erguia-se uma montanha radiante de pura beleza, cujo cume parecia perdido em uma erupção de raios solares.

— É...? — perguntou Michel.

— Copérnico — respondeu Barbicane.

— Vejamos Copérnico.

Tal montanha, situada em 9° de latitude norte e 20° de longitude sul, ergue-se à altura de 3.438 metros acima do nível da superfície da Lua. Fica bem visível da Terra, e os astrônomos são capazes de estudá-la sem dificuldades, ainda mais na fase entre o último quarto e a Lua nova, porque, nesse momento, as sombras se projetam de leste a oeste e possibilitam a medida das alturas.

Copérnico compõe o sistema radiante mais importante do satélite depois de Tycho, situado no hemisfério meridional.

Ele se ergue isolado, como um farol gigantesco, naquela porção do mar das Nuvens que margeia o mar das Tempestades, e ilumina por seus raios resplandecentes dois oceanos ao mesmo tempo. Os longos rastros luminosos, tão deslumbrantes na Lua cheia, que ultrapassam as cordilheiras limítrofes ao norte e se estendem até o mar das Chuvas, formavam um espetáculo inigualável. À 1h no horário terrestre, o projétil, como um balão a pairar pelo espaço, sobrevoava aquela montanha impressionante.

Barbicane reconheceu com exatidão a disposição principal. Copérnico está entre a série de montanhas anulares de primeiro grau, na divisão das grandes crateras. Assim como Kepler e Aristarco, que dominam o oceano das Tempestades, o monte às vezes aparece como um ponto brilhante através da luz cinzenta, e já se presumiu que fosse um vulcão em atividade. Porém, ele é inativo, como todos desse lado da Lua. Sua circunvalação apresentava um diâmetro de aproximadamente 22 léguas. A luneta mostrava rastros de estratificação produzida por erupções sucessivas, e os arredores pareciam repletos de escombros vulcânicos, alguns ainda aparentes dentro da cratera.

— Existem diversos tipos de circos lunares — disse Barbicane —, e é fácil perceber que Copérnico pertence à categoria radiante. Se nos aproximássemos mais, veríamos os cones que se sobressaem por dentro, e que um dia foram bocas ignívomas. Uma disposição curiosa, e sem exceção na superfície da Lua, é que a superfície interior desses circos, ou crateras, se encontra notavelmente em nível inferior àquele da planície externa, ao contrário da forma apresentada pelas crateras terrestres. Por consequência, a curvatura geral do fundo dessas cavidades comporia uma esfera de diâmetro inferior àquele da Lua.

— E por que essa configuração especial? — perguntou Nicholl.

— Não sabemos — respondeu Barbicane.

— Que radiância espetacular — comentou Michel. — Difícil imaginar um espetáculo mais belo!

— O que você diria, então, se o acaso de nossa viagem nos conduzisse ao hemisfério meridional? — retrucou Barbicane.

— Ora! Diria que é mais belo ainda! — disse Michel Ardan.

Naquele momento, o projétil sobrevoava o circo lunar de perspectiva perpendicular. A circunvalação de Copérnico formava um círculo quase perfeito, e suas encostas muito escarpadas se destacavam com nitidez. Era possível até distinguir uma dupla barreira anular. Ao redor, estendia-se uma planície acinzentada, de aspecto bravio, cujos relevos faziam contraste em amarelo. No fundo da cratera, como se aninhados em um porta-joias, cintilaram, por um instante, dois ou três cones eruptivos, semelhantes a enormes pedras preciosas deslumbrantes. Ao norte, a encosta descia em uma depressão que devia permitir o acesso à cratera.

Ao passar por cima da planície dos arredores, Barbicane notou uma quantidade de montanhas de menor importância, e, entre outras, um pequeno monte anular chamado Gay Lussac, com largura de 23 quilômetros. Ao sul, a planície se mostrava muito lisa, sem tumefação ou saliências no solo. Ao norte, ao contrário, até o ponto em que encontrava o oceano das Tempestades, lembrava uma superfície líquida agitada por um furacão, cujos cumes e intumescências lembravam uma sucessão de ondas paralisadas subitamente. Por todo esse conjunto, em todas as direções, irradiavam os rastros luminosos que convergiam no topo de Copérnico. Alguns tinham trinta quilômetros de largura, por um comprimento incalculável.

Os viajantes discutiam a origem daqueles estranhos raios, e não conseguiram determinar sua natureza melhor do que os observadores terrestres.

— Mas por que esses raios não seriam, simplesmente, encostas montanhosas que refletem com mais vividez a luz do Sol? — perguntou Nicholl.

— Não — disse Barbicane —, se fosse o caso, em certas condições lunares, as mesmas arestas projetariam sombras. Ora, não projetam nada.

De fato, os raios só aparecem na época em que o astro solar se opõe à Lua, desaparecendo assim que seus raios se tornam oblíquos.

— Mas o que imaginaram para explicar esses raios luminosos? — indagou Michel. — Porque não acredito que eruditos jamais se poupem de explicações!

— Herschell formulou uma opinião, sim — respondeu Barbicane —, mas não ousou afirmá-la.

— Não me importa. Qual?

— Ele achava que os raios deveriam ser cursos de lava que, ao esfriar, fulguravam quando iluminados diretamente pelo Sol. Pode ser o caso, mas não há certeza alguma. Se passarmos mais perto de Tycho, a posição será melhor para reconhecer a causa da radiação.

— Sabem, amigos, o que me lembra essa planície vista de cima, como estamos? — perguntou Michel.

— Não — respondeu Nicholl.

— Com todos esses pedaços de lava esticados como fusos, me lembra um jogo imenso de pega-varetas bem misturado. Falta apenas um ganchinho para soltá-las, uma a uma.

— Fale sério! — disse Barbicane.

— Falemos sério — replicou Michel, tranquilo — e, em vez de varetas, pensemos em ossadas. Essa planície seria, então, um imenso ossuário no qual repousam os restos mortais de mil gerações extintas. Prefere essa comparação grandiosa?

"Essa planície seria um imenso ossuário."

— Dá na mesma — retrucou Barbicane.
— Diacho! Que dificuldade! — disse Michel.
— Meu caro amigo — respondeu o prático Barbicane —, não me interessa saber o que lembra sem saber o que é.
— Boa resposta! — exclamou Michel. — Tenho que aprender a não discutir com pesquisadores!

Enquanto isso, o projétil avançava com velocidade quase uniforme, costeando o disco lunar. Os viajantes, como dá para imaginar, nem cogitavam parar e descansar. Todo minuto deslocava a paisagem que fugia de seus olhos. Por volta de 1h30, eles vislumbraram o cume de outra montanha. Barbicane consultou o mapa e reconheceu Eratóstenes.

Era uma montanha anular de 4.500 metros de altura, um dos numerosos circos lunares. A respeito disso, Barbicane relatou aos amigos a opinião curiosa de Kepler quanto à formação dessas crateras. Segundo o célebre matemático, aquelas cavidades deveriam ter sido escavadas por mãos humanas.

— Por que fariam isso? — perguntou Nicholl.

— Por um motivo muito natural! — respondeu Barbicane. — Os selenitas teriam empreendido essas obras imensas e cavado buracos enormes assim para se refugir e se proteger dos raios de sol que os atingem por quinze dias consecutivos.

— São espertos, esses selenitas! — disse Michel.

— Que ideia interessante! — comentou Nicholl. — Mas é provável que Kepler não soubesse das reais dimensões dessas crateras, pois escavá-las já seria trabalho para gigantes, impraticável para os selenitas.

— Por quê, se a aceleração da gravidade na superfície da Lua é seis vezes menor do que na Terra? — argumentou Michel.

— Mas se os selenitas forem seis vezes menores... — retrucou Michel.

— E talvez nem existam selenitas! — acrescentou Barbicane, o que acabou com a discussão.

Logo Erastótenes desapareceu sob o horizonte, sem que o projétil se aproximasse o suficiente para uma observação rigorosa. Essa montanha separava os Apeninos dos Cárpatos.

Na orografia lunar, distinguiram-se algumas cadeiras montanhosas, distribuídas principalmente no hemisfério setentrional. Algumas, contudo, ocupam certas porções do hemisfério sul.

Segue uma tabela dessas diversas cordilheiras, ordenadas de sul a norte, com as respectivas latitudes e alturas medidas no ápice dos cumes:

Montes Doerfel	84° —	latitude S.	7.603 metros.
— Leibnitz	65° —	—	7.600
— Rook	20° a 30°	—	1.600
— Altai	17° a 28°	—	4.047
— Cordilheiras	10° a 20°	—	3.898
— Pireneus	8° a 18°	—	3.631
— Urais	5° a 13°	—	838
— Alembert	4° a 10°	—	5.847
— Hemo	8° a 21°	latitude N.	2.021
— Cárpatos	15° a 19°	—	1.939
— Apeninos	14° a 27°	—	5.501
— Tauro	21° a 28°	—	2.746
— Rifeus	25° a 33°	—	4.171
— Hercínicos	17° a 29°	—	1.170
— Cáucaso	32° a 41°	—	5.567
— Alpes	42° a 49°	—	3.617

Dentre essas diversas cordilheiras, a mais importante é a dos Apeninos, cujo desenvolvimento é de 150 léguas, dimensão inferior, contudo, à dos maiores movimentos orográficos na Terra. Os Apeninos margeiam a fronteira oriental do mar das Chuvas e continuam ao norte pelos Cárpatos, cujo perfil mede cerca de cem léguas.

Os viajantes vislumbraram apenas o cume dos Apeninos que surgem de dez graus de longitude oeste a dezesseis de longitude leste; porém, a cordilheira dos Cárpatos se estendeu sob seus olhos do grau dezoito ao trinta de longitude oriental, e eles puderam levantar a configuração.

Uma hipótese lhes pareceu muito justificada. Ao ver a cordilheira dos Cárpatos tomar, aqui e ali, formas circulares, dominadas por picos, eles concluíram que, em tempos antigos, ela compunha circos lunares relevantes. Esses anéis montanhosos deveriam ter sido rompidos, em parte, pelo vasto dilúvio ao qual se deve o mar das Chuvas. Esses Cárpatos seriam na época, por seu aspecto, o equivalente às crateras de Peuerbach, Arzaquel e Ptolomeu, se um cataclisma derrubasse as barreiras à esquerda e as transformasse em uma cordilheira contínua. Eles apresentam uma altura média de 3.200 metros, comparável à de certos pontos dos Pireneus, como Pineta. Suas encostas meridionais baixam bruscamente no sentido do imenso mar de Chuvas.

Por volta das 2h, Barbicane se encontrava na altura do vigésimo paralelo lunar, próximo da pequena montanha de 1.559 metros de altura que leva o nome de Pítia. A distância entre o projétil e a Lua não passava de 1.200 quilômetros, aproximados pelas lunetas a apenas três léguas.

O *Mare Imbrium* se estendia sob os viajantes, como uma imensa depressão cujos detalhes ainda eram pouco distinguíveis. Perto dali, à esquerda, erguia-se o monte Lambert, cuja altitude se estima em 1.813 metros, e, mais afastado, no limite do oceano das Tempestades, em 23º de latitude norte e 29º de longitude leste, resplandecia a montanha radiante de Euler. Tal pico, de apenas 1.815 metros de altura, fora objeto de um trabalho interessante do astrônomo Schröter, que, buscando conhecer a origem das montanhas lunares, se perguntara se o volume da cratera era sempre equivalente ao das barreiras que a formavam. Ora, essa proporção existia de modo amplo, então Schröter concluiu que uma única erupção de matéria vulcânica bastaria para formar aquelas encostas, pois erupções sucessivas teriam alterado a proporção. Apenas o monte Euler escapava dessa lei, e sua formação exigira diversas erupções sequenciais, pois o volume de sua cavidade era o dobro do de suas paredes.

Todas essas hipóteses eram possíveis para observadores terrestres, auxiliados de modo incompleto pelos instrumentos à mão. Porém, Barbicane não se daria por satisfeito, e, ao ver que o projétil se aproximava pouco a pouco do disco lunar, ele não perdia a esperança — nem a impaciência — de revelar no mínimo os segredos daquela formação.

13

PAISAGENS LUNARES

Às 2h30, o projétil atravessava o trigésimo paralelo lunar, a uma distância efetiva de mil quilômetros, reduzida a dez pelos instrumentos ópticos. Ainda parecia impossível atingir qualquer ponto da superfície. A velocidade de translação, relativamente medíocre, era inexplicável para o presidente Barbicane. Àquela distância da Lua, deveria ser forte o suficiente para manter o projétil contra a força de atração. Ocorria, portanto, um fenômeno cuja razão ainda lhe escapava. Ademais, faltava tempo para investigar a causa. O relevo lunar desfilava sob os olhos dos viajantes, que não queriam perder um detalhe sequer.

O disco aparecia nas lunetas à distância de dez quilômetros. Um aeronauta, transportado àquela distância da Terra, distinguiria o quê na superfície? Impossível dizer, pois as subidas mais altas não ultrapassaram oito quilômetros.

Eis, contudo, uma descrição precisa do que Barbicane e companhia enxergavam àquela altura.

Cores bastante variadas surgiam em manchas grandes pela superfície. Os selenógrafos não haviam chegado a um consenso quanto à natureza da coloração diversa e marcada com nitidez considerável. Julius Schmidt alega que, se os oceanos terrestres secassem, um observador selenita distinguiria em nosso globo, entre os oceanos e as planícies continentais, nuances apenas tão diversas quanto as que aparecem na Lua ao olhar terrestre. De acordo com ele, a cor comum das planícies amplas chamadas de "mares" é o cinza escuro, misturado a verde e marrom. Algumas grandes crateras têm também o mesmo tom.

Barbicane conhecia essa opinião do selenógrafo alemão, ideia compartilhada por Beer e Mädler. Ele constatou que a observação dava razão a eles, em contraponto a certos astrônomos que aceitam só a cor cinza na superfície lunar. Em certos espaços, a cor verde era vívida, como se destaca, de acordo com Julius Schmidt, nos mares da Serenidade e dos Humores. Barbicane também notou crateras largas sem cones internos, que emanavam uma cor azulada, análoga à de uma chapa de aço polido. Essas cores pertenciam à Lua, sem que resultassem, como defendiam certos astrônomos, da imperfeição das lentes ou da interposição da atmosfera terrestre. Para Barbicane, não havia dúvida. Ele observava através do vácuo e não tinha como cometer erro óptico nenhum. Considerou o fato dessas colorações diversas como garantido à ciência. Por outro lado, ainda não havia como determinar se as nuances de verde se deviam a uma vegetação tropical, mantida pela atmosfera densa e baixa.

Mais adiante, notou um matiz avermelhado, que chamava a atenção. Nuance semelhante já fora observada no fundo de uma cavidade isolada, conhecida pelo nome de circo de Lichtenberg, situada perto dos montes Hercínicos na beira da Lua, mas ele não conseguia reconhecer sua natureza.

Tampouco teve mais sorte com outra particularidade do disco, cuja causa não conseguiu determinar com precisão. Eis tal particularidade:

Michel Ardan estava no posto de observação ao lado do presidente quando notou linhas brancas e compridas, iluminadas vividamente pelos raios diretos do Sol. Tratava-se de uma série de sulcos luminosos, muito diferentes da radiação antes apresentada por Copérnico. Eles se estendiam paralelos uns aos outros.

Michel, com o prumo de sempre, logo exclamou:

— Veja só! Campos cultivados!

— Campos cultivados? — respondeu Nicholl, dando de ombros.

— Arados, no mínimo — retrucou Michel Ardan. — Mas que lavradores são esses selenitas, e que bois gigantescos devem atar ao arado para cavar sulcos fundos assim!

"Que bois gigantescos!"

— Não são sulcos de arado, são ranhuras — disse Barbicane.

— Tudo bem, são ranhuras — respondeu Michel, dócil. — Mas o que entende por ranhuras, do ponto de vista científico?

Barbicane logo ensinou ao companheiro o que sabia sobre ranhuras lunares. Sabia-se que eram sulcos observados por todas as partes não montanhosas da superfície; mais frequentemente isolados, eles medem de quatro a cinquenta léguas de comprimento; a largura varia de mil a 1.500 metros, e suas bordas são rigorosamente paralelas. Porém, não se sabia mais do que isso, nem a respeito de sua formação, nem de sua natureza.

Barbicane, armado de luneta, observou as ranhuras com total atenção. Ele notou que as bordas eram formadas por inclinações extremamente íngremes. Eram encostas compridas e paralelas e, com um pouco de imaginação, era possível admitir a existência de muralhas compridas construídas pelos engenheiros selenitas.

Entre as diversas ranhuras, algumas eram retas, como se traçadas a régua. Já outras apresentavam uma leve curva, embora mantivessem o paralelismo das bordas. Umas se cruzavam, outras cortavam crateras. Aqui, atravessavam cavidades comuns, como Possidônio ou Petávio; ali, riscavam os mares, como o da Serenidade.

Esses acidentes naturais sem dúvida estimularam a imaginação dos astrônomos terrestres. As primeiras observações não tinham descoberto as ranhuras. Nem Hevélio, nem Cassini, nem La Hire, nem Herschell pareciam as conhecer. Foi Schröter quem, em 1789, as trouxe à atenção dos pesquisadores pela primeira vez. Outros as estudaram depois, como Pastora, Gruithuisen, Beer e Mädler. Hoje em dia, sua quantidade chega a setenta. Porém, embora tenham-nas contado, ainda não se determinou sua composição. Não são fortificações, sem dúvida, assim como não se tratam de antigos leitos de rios secos, pois, por um lado, as águas, tão leves na superfície lunar, não teriam cavado escoadouros tão fundos, e, por outro, esses sulcos frequentemente atravessam crateras posicionadas em elevação muito alta.

É preciso admitir, contudo, que Michel Ardan teve uma ideia e, mesmo sem saber, se alinhou, naquela circunstância, a Julius Schmidt.

— Por que esse aspecto inexplicável não se deveria, simplesmente, a fenômenos de vegetação? — perguntou.

— Como assim? — questionou Barbicane, com vigor.

— Não se exalte, meu caro presidente — respondeu Michel. — Não é possível que essas linhas escuras que formam a encosta sejam fileiras de árvores em disposição regular?

— Então vai insistir nessa história de vegetação? — retrucou Barbicane.

— Vou insistir em explicar o que vocês, seus eruditos, não explicam! — disse Michel Ardan. — Pelo menos, minha hipótese teria a vantagem de indicar por que essas ranhuras desaparecem, ou parecem desaparecer, em frequência regular.

— Por que seria?

— Porque as árvores ficam invisíveis ao perder as folhas e visíveis quando voltam a brotar.

— Sua explicação é criativa, meu caro companheiro, mas é inadmissível — declarou Barbicane.

— E por quê?

— Porque, por assim dizer, não há estações na superfície da Lua, e, portanto, esses fenômenos de vegetação de que você fala não têm como ocorrer.

De fato, a baixa obliquidade do eixo lunar mantém o Sol em altura quase constante em todas as latitudes. Acima das regiões equatoriais, o astro radiante ocupa quase invariavelmente o zênite, e quase não passa do horizonte nas regiões polares. Portanto, seguindo as regiões, reina o inverno, a primavera, o verão ou o outono perpétuo, semelhante ao planeta Júpiter, cujo eixo é também pouco inclinado na órbita.

Qual a origem dessas ranhuras? É difícil responder. Elas decerto são posteriores à formação das crateras e dos circos, pois várias delas se introduziram nessas áreas, rompendo as barreiras circulares. Portanto é possível que, sendo contemporâneas das últimas eras geológicas, se devam apenas à expansão das forças naturais.

Enquanto isso, o projétil atingira a altura do quadragésimo grau de latitude lunar, a uma distância que não deveria exceder oitocentos quilômetros. Os objetos apareciam no visor das lunetas como se posicionados a meras duas léguas. Naquele momento, sob os pés deles, erguia-se o Hélicon, de 505 metros, e, à esquerda, aproximavam-se as alturas medíocres que cercam uma porção pequena do mar das Chuvas, batizado de golfo das Íris.

A atmosfera terrestre deveria ser 170 vezes mais transparente do que é para que os astrônomos observassem por inteiro a superfície da Luna. Entretanto, naquele vácuo onde o projétil flutuava, nenhum fluido se intrometia entre o olho do observador e o objeto mirado. Além do mais, Barbicane se encontrava a uma distância que não era alcançada nem pelos telescópios mais poderosos, nem o de William Parsons, nem o das Montanhas Rochosas. Estava, por isso, em condições das mais favoráveis para solucionar a grande questão da habitabilidade da Lua. No entanto, a solução ainda não lhe viera. Ele distinguia apenas o leito deserto das planícies imensas e, ao norte, montanhas áridas. Nenhuma obra revelava a mão humana. Nenhuma ruína comprovava a passagem de ninguém. Nenhuma aglomeração de animais indicava que a vida se desenvolvia ali, mesmo que em grau inferior. Nenhum movimento, nenhuma vegetação aparente. Dos três reinos que compartilham o esferoide terrestre, apenas um estava presente no globo lunar: o reino mineral.

Ele distinguia.

— Ora, essa! — exclamou Michel Ardan, um pouco desconcertado. — Não tem ninguém, afinal?

— Até agora, não — respondeu Nicholl. — Nenhuma pessoa, nenhum animal, nenhuma árvore. Afinal, se a atmosfera se refugiou no fundo das cavidades, dentro das crateras, ou até na face oposta da Lua, não podemos supor nada ainda.

— Além disso — acrescentou Barbicane —, mesmo sob o olhar mais aguçado, as pessoas só são visíveis a distâncias inferiores a sete quilômetros. Portanto, se houver selenitas, eles veem nosso projétil, mas nós não os vemos.

Por volta das 4h, na altura do quinquagésimo paralelo, a distância se reduzira a seiscentos quilômetros. À esquerda, desenrolava-se uma cordilheira contornada com esmero, delineada pela luz forte. À direita, pelo contrário, afundava um buraco escuro como um poço amplo, insondável e sombrio, perfurado no solo lunar.

O buraco era o lago Negro, Platão, um circo lunar profundo que pode ser adequadamente estudado da Terra entre o último quarto e a Lua nova, quando as sombras se projetam de oeste para leste.

É raro encontrar coloração tão preta na superfície do satélite. Até o momento, só a avistaram nas profundezas do circo de Endimião, a leste do mar do Frio, no hemisfério norte, e no fundo do circo de Grimaldi, no Equador, perto da borda oriental do astro.

Platão é uma montanha anular, situada em 51º de latitude norte e 9º de longitude leste. Sua cratera tem 92 quilômetros de comprimento e 61 de largura. Barbicane lamentou não poder passar em voo perpendicular acima de sua vasta abertura. Havia ali um abismo a investigar, talvez um fenômeno misterioso a desvendar. Porém, não havia como modificar o trajeto do projétil; tinham que segui-lo rigorosamente. Não se dirige um balão, muito menos uma bala de canhão, encerrado como estava entre suas paredes.

Por volta das 5h, por fim ultrapassaram o limite setentrional do mar das Chuvas. Os montes La Condamine e Fontenelle ainda apareciam, um à esquerda, o outro, à direita. Aquela região do disco, a partir do sexagésimo grau, tornava-se toda montanhosa. As lunetas a aproximavam a menos de cinco quilômetros, distância inferior à que separa o cume do Mont Blanc do nível do mar. A área toda era esculpida em picos e cavidades. Perto do grau 62, dominava Filolau, na altura de 3.700 metros, abrindo uma cratera elíptica de dezesseis léguas de comprimento e quatro de largura.

O disco, visto daquela distância, oferecia um aspecto bizarríssimo. As paisagens se apresentavam ao olhar em condições bem diferentes daquelas da Terra, mas também bem inferiores.

Como a Lua não tinha atmosfera, a ausência de envoltório gasoso tem consequências já demonstradas. Nenhum crepúsculo na superfície, onde a noite se segue ao dia e o dia, à noite, com a brusquidão de uma lâmpada que acendemos ou apagamos no meio da profunda escuridão. Nenhuma transição entre frio e quente, pois a temperatura cai, em um instante, do grau de fervura da água ao grau do frio espacial.

Outra consequência da ausência de ar é a seguinte: as trevas absolutas reinam onde não chegam os raios de Sol. O que chamamos de luz difusa na Terra, a matéria luminosa que o ar mantém em suspensão, que cria o crepúsculo e a alvorada, que produz as sombras, penumbras e toda a magia do chiaroscuro, não existe na Lua. Assim, a brutalidade do contraste aceita apenas duas cores: o preto e o branco. Se um selenita proteger os olhos dos raios de sol, o céu lhe parecerá absolutamente preto, e as estrelas brilharão como nas noites mais sombrias.

Avaliemos a impressão causada por esse estranho aspecto em Barbicane e seus dois amigos. Os olhos deles estavam desnorteados. O trio já não distinguia a distância respectiva de planos variados. Uma paisagem lunar que não atenua em nada o fenômeno do chiaroscuro não poderia ser retratada por um paisagista da Terra. Eram manchas de nanquim na página branca, e só.

Esse aspecto não mudou nem quando o projétil, na altura do octogésimo grau, chegou a apenas cem quilômetros da Lua. Nem quando, às 5h, passou a menos de cinquenta quilômetros da montanha de Gioja, distância que as lunetas reduziam a quinhentos metros. A sensação era de que a Lua estava ao alcance do toque. Parecia impossível que o projétil não se chocasse contra ela em breve, mesmo que fosse ao polo norte, cuja fronteira deslumbrante se desenhava agressivamente no fundo preto do céu. Michel Ardan queria abrir uma das janelas e se arremessar na superfície lunar. Uma queda de doze léguas! Ele nem avaliou. De qualquer modo, a tentativa seria inútil, pois, se o projétil não atingisse um ponto qualquer do satélite, Michel, carregado por seu movimento, também não o atingiria.

Naquele momento, às 6h, o polo lunar apareceu. O disco oferecia aos olhos dos viajantes apenas uma metade bem-iluminada, enquanto a outra desaparecia na obscuridade. De súbito, o projétil ultrapassou a linha de demarcação entre a luz intensa e a sombra absoluta e se viu mergulhado de uma só vez na noite profunda.

14
A NOITE DE 354H30MIN

No momento em que esse fenômeno ocorreu tão de repente, o projétil passava em rasante pelo polo norte da Lua, a menos de cinquenta quilômetros. Poucos segundos bastaram para mergulhá-lo no breu absoluto do espaço. A transição foi tão rápida, sem nuances, sem gradação de luz, sem atenuação de ondas luminosas, que o astro pareceu se apagar sob a força de um sopro poderoso.

— A Lua sumiu, se extinguiu! — gritou Michel Ardan, atônito.

Era verdade que não havia um reflexo, uma sombra sequer. Não se via mais nada daquela superfície antes fulgente. A escuridão era completa, ainda mais aprofundada pelo brilho das estrelas. Era a treva que impregna as noites lunares, que duram 354h30min em cada ponto do disco, uma noite comprida que resulta da igualdade dos movimentos de translação e rotação da Lua, um em si mesma, e outro ao redor da Terra. O projétil, imerso no cone de sombra do satélite, não era afetado pelos raios solares, assim como toda sua parte invisível.

Lá dentro, então, o escuro era absoluto. Não se via mais nada. Portanto, o necessário era dissipar a obscuridade. Por mais que Barbicane desejasse economizar o gás, com sua reserva tão limitada, foi obrigado a pedir dele uma claridade artificial, uma luz dispendiosa que o Sol lhes recusava.

— Ao inferno esse astro radiante! — exclamou Michel Ardan. — Nos leva a gastar gás em vez de nos fornecer raios de graça.

— Não vá acusar o Sol — retrucou Nicholl. — Não é culpa dele, e, sim, da Lua, que se posicionou entre nós e ele feito uma cortina.

— É o Sol! — insistiu Michel.

— É a Lua! — retorquiu Nicholl.

É culpa da Lua!

Uma briga inútil, que Barbicane interrompeu:

— Caros amigos, a culpa não é do Sol, nem da Lua. É culpa do desastrado do projétil que, em vez de seguir com rigor a trajetória, se desviou. E, para ser ainda mais justo, é culpa do infeliz bólide que tão deploravelmente reorientou nosso rumo inicial.

— Bem, já que resolvemos a dúvida, melhor comermos. Após uma noite toda de observação, cai bem nos recompor um pouco — disse Michel Ardan.

A proposta não encontrou oposição. Michel preparou a refeição em poucos minutos, mas eles comeram por comer, beberam sem brindes, sem vivas. Os exploradores valentes, levados àqueles espaços sombrios, sem o cortejo costumeiro de raios, sentiam uma vaga inquietação encher o peito. A "sombra feroz", tão cara à pena de Victor Hugo, os envolvia por todos os lados.

Enquanto isso, eles conversaram sobre a infindável noite de 354 horas, quase quinze dias, que as leis da física impuseram aos habitantes da Lua. Barbicane explicou aos amigos as causas e as consequências do curioso fenômeno.

— É mesmo curioso — disse ele —, pois, enquanto ambos os hemisférios da Lua são privados de luz solar por quinze dias, este acima do qual flutuamos agora não pode nem admirar, durante sua noite longa, a vista da Terra esplêndida e iluminada. Em suma, só há uma lua, se aplicarmos essa qualificação também para nosso planeta, apenas para um lado do astro. Ora, se fosse o mesmo na Terra; se, por exemplo, a Europa nunca enxergasse a Lua, que só seria visível no hemisfério sul, imaginem o espanto de um europeu ao chegar na Austrália?

— Viajaríamos apenas para ver a Lua! — respondeu Michel.

— Então — continuou Barbicane —, esse espanto é reservado ao selenita que ocupa a face da Lua oposta à Terra, para sempre invisível aos nossos compatriotas do globo terrestre.

— E que teríamos visto se tivéssemos chegado aqui na época da Lua nova, ou seja, quinze dias depois — acrescentou Nicholl.

— Acrescento, por outro lado — prosseguiu Barbicane —, que a natureza favorece enormemente o morador da face visível, em detrimento dos irmãos do outro lado. Pois ele, como veem, tem noites profundas de 354 horas, sem que raio algum penetre a escuridão. Do lado contrário, quando o Sol que o iluminou por quinze dias se põe no horizonte, se vê nascer no horizonte oposto um astro esplêndido: é a Terra, treze vezes maior do que a Lua reduzida que conhecemos; a Terra que percorre um diâmetro de dois graus e que derrama uma luz treze vezes mais intensa, sem ser atenuada por camada atmosférica; a Terra, cujo desaparecimento só ocorre quando o Sol ressurge!

— Bela descrição! Só um pouco acadêmica, talvez — disse Michel Ardan.

— Por consequência — prosseguiu Barbicane, sem hesitar —, o lado visível do disco deve ser muito agradável para a moradia, pois tem sempre uma bela vista, seja do Sol durante a Lua cheia, seja da Terra durante a Lua nova.

— Mas essa vantagem deve ser compensada pelo calor insuportável que acompanha tanta luz — disse Nicholl.

— O inconveniente, em relação a isso, é igual para os dois lados, pois a luz refletida pela Terra, evidentemente, não tem calor algum. Contudo, essa face invisível sofre ainda mais de calor do que a face visível. Explico para você, Nicholl, porque Michel talvez nem entenda.

— Agradecido — disse Michel.

— Quando a face invisível recebe a luz e o calor solares ao mesmo tempo — continuou Barbicane —, é sinal de que a Lua está nova, ou seja, em conjunção, e situada entre o Sol e a Terra. Portanto, em relação ao local que ocupa em oposição, quando está cheia, ela se encontra duas vezes mais próxima do Sol do que da Terra. Ora, essa distância pode ser estimada em um ducentésimo daquela que separa o Sol da Terra, ou, em números redondos, 200 mil léguas. Portanto, essa face invisível tem essa proximidade muito maior do Sol ao receber seus raios.

— Corretíssimo — respondeu Nicholl.

— Pelo contrário... — começou Barbicane.

— Um instante — disse Michel, interrompendo o sério companheiro.

— O que foi?

— Quero continuar a explicação.

— E por quê?

— Para provar que entendi, sim.

— À vontade — disse Barbicane, sorrindo.

— Pelo contrário — falou Michel, imitando em tom e gesto o presidente Barbicane —, quando a face visível da Lua é iluminada pelo Sol, é sinal de que a Lua está cheia, ou seja, oposta ao Sol em relação à Terra. A distância que a separa do astro radiante é, portanto, acrescida, arredondando, de 200 mil léguas, e o calor que recebe deve ser um pouco menor.

— Muito bem! — exclamou Barbicane. — Sabe, Michel, para um artista, você até que é inteligente.

— Pois é — respondeu Michel, despreocupado —, somos todos assim nos bairros elegantes de Paris!

Barbicane apertou com seriedade a mão do simpático companheiro e continuou a listar as vantagens reservadas aos habitantes da face visível.

Entre outras, citou a observação dos eclipses solares, que ocorre somente daquele lado do disco lunar, pois, para que ocorram, é necessário que a Lua esteja em oposição. Esses eclipses, provocados pela interposição da Terra entre a Lua e o Sol, podem durar duas horas, nos quais, devido aos raios refratados pela atmosfera, o globo terrestre aparece como um mero ponto preto no Sol.

— Assim, esse hemisfério invisível é mesmo mal dividido, um desgraçado pela natureza! — disse Nicholl.

— É, mas não inteiramente — respondeu Barbicane. — Na realidade, devido a certo movimento de libração, certo balanço no centro, a Lua apresenta à Terra um pouco mais da metade da superfície. É como um pêndulo, cujo centro de gravidade é dirigido ao globo terrestre e que oscila com regularidade. De onde vem tal oscilação? Do movimento de rotação sobre o próprio eixo, que é animado em velocidade uniforme, enquanto o movimento de translação, seguindo uma órbita elíptica ao redor da Terra, não é. No perigeu, a velocidade da translação o ultrapassa, e a Lua revela uma porção da borda ocidental. No apogeu, é a velocidade de rotação que ultrapassa a outra, e parte da borda oriental aparece. É uma margem de cerca de oito graus que surge, seja de um lado, seja do outro. Portanto, o resultado é que, em mil partes, a Lua revela 569.

— Dane-se. Se virarmos selenitas, moraremos na face visível. Eu gosto de luz! — respondeu Michel.

— A menos, é claro, que a atmosfera não esteja condensada do outro lado, como argumentam certos astrônomos — retrucou Nicholl.

— Boa consideração — disse Michel, simplesmente.

Após a refeição, os observadores voltaram ao posto. Eles tentavam enxergar através das janelas sombrias, apagando toda a claridade dentro do projétil. Porém, nem um átomo luminoso atravessava tamanha obscuridade.

Um fato inexplicável preocupava Barbicane. Como, tendo passado por uma distância tão próxima da Lua — aproximadamente cinquenta quilômetros —, o projétil não tinha caído? Se a velocidade fosse enorme, ele compreenderia que a queda não ocorresse. Porém, com uma velocidade medíocre, a resistência à atração lunar não se explicava. O projétil estaria submetido a uma influência estranha? Um corpo qualquer o mantinha no éter? Era evidente que não atingiria ponto algum da Lua. Aonde iria? Ele se afastaria ou se aproximaria da superfície? Seria carregado pela noite profunda infinito afora? Como saber, como calcular, em meio àquelas trevas? Todas essas dúvidas angustiavam Barbicane, mas ele não tinha solução.

O astro invisível estava ali, talvez a poucos quilômetros, a poucas milhas, mas nem ele, nem seus companheiros, o enxergavam. Se qualquer barulho ocorresse na superfície, não o escutariam. Faltava o ar, veículo do som, para transmitir os ruídos daquela Lua, que certas lendas árabes descrevem como "um homem já em vias de granito, mas ainda palpitante".

Havia bons motivos para frustração até dos observadores mais pacientes, não há dúvida. Era precisamente aquele hemisfério desconhecido que se estendia diante deles! A face que, quinze dias antes ou depois, fora ou seria iluminada com esplendor pelos raios solares e que, então, se perdia na escuridão absoluta. Dali a quinze dias, onde estaria o projétil? Aonde os acasos das atrações o teriam arrastado? Quem sabia?

Admite-se, de modo geral, a partir das observações selenográficas, que o hemisfério invisível da Lua é, por constituição, em tudo semelhante ao hemisfério visível. Enxergamos, na realidade, cerca de um sétimo dele, devido aos movimentos de libração que Barbicane descreveu. Ora, nessas margens vislumbradas, havia apenas planícies e montanhas, circos e crateras, análogos aos já levantados por cartógrafos. Portanto, poderíamos supor a mesma natureza, o mesmo mundo árido e morto. No entanto, e se a atmosfera tivesse se refugiado daquele lado?

Se, com o ar, a água desse vida a continentes regenerados? Se a vegetação ainda persistisse ali? Se animais povoassem suas terras e mares? Se o homem, em condições habitáveis, ainda ali vivesse? Quantas questões seria interessante solucionar! Quantas conclusões seriam tiradas da contemplação daquele hemisfério! Quanto orgulho enxergar aquele mundo nunca visto pelo olho humano!

É compreensível, portanto, o desgosto sentido pelos viajantes no meio daquela noite sombria. Era impossível observar o disco lunar. Apenas as constelações solicitavam seu olhar, e deve-se admitir que nenhum astrônomo, nem Faye, nem Chacornac, nem Secchi, jamais se encontrara em condições tão favoráveis para admirá-las.

Nada se comparava ao esplendor daquele mundo sideral banhado em éter límpido. Os diamantes incrustados na abóboda celestial emitiam um fulgor espetacular. O olhar envolvia o firmamento do Cruzeiro do Sul à Estrela do Norte, duas constelações que, em 12 mil anos, devido à precessão dos equinócios, cederam o papel de estrela polar, uma a Canopeia, no hemisfério austral, e a outra a Vega, no hemisfério boreal. A imaginação se perdia naquele sublime infinito, em meio ao qual gravitava o projétil, como um novo astro criado por mãos humanas. Por efeito natural, as constelações brilhavam com uma luz suave; elas não cintilavam, pois não havia atmosfera, que, pela interposição das camadas de densidade e umidade variadas, produz a cintilação. Essas estrelas eram olhos suaves que fitavam a noite profunda em meio ao silêncio absoluto do espaço.

Por muito tempo, os viajantes, calados, assim observaram o firmamento constelado, no qual a vasta tela lunar compunha um imenso buraco escuro. Por fim, porém, foi uma sensação sofrível que os arrancou da contemplação: um frio fortíssimo, que não tardou a cobrir, por dentro, o vidro das janelas com uma camada grossa de gelo. Como o sol não esquentava mais o projétil, ele perdia, pouco a pouco, o calor acumulado nas paredes. Esse calor, por radiação, evaporara sem demora pelo espaço, ocasionando uma queda considerável de temperatura. A umidade inferior então se transformava em gelo em contato com o vidro e impedia qualquer observação.

Nada se comparava ao esplendor.

Nicholl consultou o termômetro e notou que a queda chegara a 17 graus centígrados abaixo de zero. Portanto, apesar de todos os motivos para fazer economia, Barbicane, após solicitar a luz do gás, precisou também solicitar seu calor. A temperatura baixa do projétil se tornara insuportável, e os hóspedes teriam morrido congelados.

— Não temos como reclamar de monotonia nessa viagem! — comentou Michel Ardan. — Que variedade, ao menos na temperatura! Primeiro, ficamos cegos de tanta luz, e saturados de calor, como os nativos dos Pampas! Depois, mergulhamos nas trevas mais profundas em meio ao frio boreal, digno dos esquimós do polo! Sinceramente, não deixa nada a desejar. A natureza anda caprichando em nossa homenagem.

— Qual é a temperatura externa? — perguntou Nicholl.

— Precisamente a do espaço sideral — respondeu Barbicane.

— Não é a hora de fazer aquele experimento que não era possível quando estávamos mergulhados em raios de sol? — sugeriu Michel Ardan.

— É agora ou nunca — respondeu Barbicane —, pois estamos em uma posição útil para verificar a temperatura do espaço e confirmar os cálculos de Fourier ou de Pouillet.

— De qualquer jeito, está frio — replicou Michel. — Vejam a umidade interna condensada no vidro. Se a queda continuar um pouco mais, o vapor da respiração vai cair ao nosso redor como neve!

— Vamos preparar um termômetro — disse Barbicane.

É claro que um termômetro comum não daria resultado algum nas circunstâncias a que seria exposto. O mercúrio teria congelado no recipiente, pois não mantém o estado líquido a 42 graus negativos. Porém, Barbicane se munira de um termômetro do sistema Walferdin, que marcava mínimas em temperaturas das mais baixas.

Antes de começar o experimento, eles compararam o instrumento a um termômetro comum, e Barbicane se dispôs a utilizá-lo.

O vapor de nossa respiração.

— Como proceder? — perguntou Nicholl.

— É muito simples — respondeu Michel Ardan, sempre despreocupado. — Abrimos bem rápido a janela, jogamos o instrumento, que deve acompanhar o projétil com docilidade exemplar, e o recuperamos depois de quinze minutos...

— Com a mão? — indagou Barbicane.

— Com a mão — confirmou Michel.

— Bom, meu amigo, melhor não se expor, porque a mão que voltar será apenas um toco congelado e deformado pelo frio insuportável.

— Jura?!

— Você sentirá uma queimadura horrível, como aquela do ferro incandescente, pois a impressão é idêntica quando o calor sai ou entra com brutalidade na pele. Além do mais, não tenho certeza de que os objetos que jogarmos do projétil ainda nos acompanharão.

— Por quê? — perguntou Nicholl.

— Porque, se atravessarmos uma atmosfera, por menor que seja a densidade dela, servirá para atrasar os objetos. E a escuridão nos impede de verificar se eles continuam flutuando ao nosso redor. Portanto, para não correr o risco de perder o termômetro, nós o amarraremos a uma corda e, assim, o puxaremos com mais facilidade de volta.

Eles seguiram o conselho de Barbicane. Pela janela aberta às pressas, Nicholl arremessou o instrumento, atado a uma corda curtíssima, para que fosse puxado sem demora. A janela passou um mero segundo aberta, mas o tempo bastou para deixar um frio violento invadir o projétil.

— Que diabo! — exclamou Michel Ardan. — Nesse frio, até urso polar congela!

Barbicane esperou passar meia hora, tempo mais do que suficiente para o instrumento baixar até a temperatura do espaço. Após o período, recuperou o termômetro à toda velocidade.

Barbicane calculou a quantidade de etanol derramado na pequena ampola na parte inferior do instrumento e declarou:

— São 140 graus centígrados abaixo de zero!

Pouillet era quem estava certo, e não Fourier. Era aquela a temperatura temível do espaço sideral! E talvez a mesma dos continentes lunares quando o astro perdeu por irradiação todo o calor acumulado por quinze dias de sol.

15
HIPÉRBOLE OU PARÁBOLA

Talvez seja espantoso ver Barbicane e seus companheiros tão sossegados com o destino que lhes reservava aquela prisão metálica transportada ao infinito do éter. Em vez de se questionar aonde iam, os três passavam o tempo fazendo experimentos, como se instalados com toda a tranquilidade em um escritório.

Poderíamos responder que homens tão calejados se viam acima de tais preocupações, que não se incomodavam com coisa pouca, e que teriam mais o que fazer em vez de angustiar-se com o futuro.

A verdade é que eles não eram mestres do projétil; não podiam interromper o trajeto nem modificar a direção. O marinheiro mexe à vontade o leme do navio; o aeronauta pode provocar movimentos verticais no balão. Eles, por outro lado, não tinham a menor capacidade de controlar o veículo. Todas as manobras lhes eram impossíveis. Dali vinha a disposição a deixar como está, "deixar correr à revelia", como diria a expressão marítima.

Onde se encontravam naquele momento, às 8h do dia que na Terra seria o 6 de dezembro? Decerto nos arredores da Lua, inclusive perto o suficiente para que ela lhes parecesse uma imensa cortina escura aberta no firmamento. Já a distância que os separava era impossível determinar. O projétil, mantido por forças inexplicáveis, passara em voo rasante a menos de cinquenta quilômetros do polo norte do satélite. Porém, duas horas depois de adentrar o cone de sombra, a distância teria aumentado ou diminuído? Não havia nenhum ponto de referência para estimar a direção e a velocidade que seguiam. Talvez se afastasse bem depressa do astro e logo fosse escapar da sombra pura. Talvez, ao contrário, ele se aproximasse consideravelmente, a ponto de, em breve, chocar-se com algum pico elevado do hemisfério invisível — o que concluiria a viagem, sem dúvida em detrimento dos viajantes.

Trouxeram o assunto à tona, e Michel Ardan, sempre cheio de explicações, opinou que o projétil, retido pela atração lunar, acabaria caindo como um meteorito cai na superfície terrestre.

— Primeiro, meu camarada — respondeu Barbicane —, não são todos os meteoritos que caem na Terra, apenas uma pequena quantidade. Portanto, mesmo que passássemos ao estado de meteorito, não é dado que sem dúvida atingíssemos a superfície da Lua.

— Contudo, se chegarmos perto o suficiente... — retrucou Michel.

— Errado — interrompeu Barbicane. — Já viu estrelas cadentes riscarem o céu, em certas épocas muito frequentes?

— Já.

— Bom, essas estrelas, ou, melhor, esses corpúsculos, só brilham sob condição de esquentarem pelo atrito das camadas atmosféricas. Se atravessam a atmosfera, quer dizer que passam a menos de noventa quilômetros do globo, mas, ainda assim, é raro que caiam de fato. O mesmo vale para nosso projétil. Ele pode chegar pertíssimo da Lua e, ainda assim, não cair.

— Então estou bem curioso para saber como nosso veículo errante se comportará no espaço — disse Michel.

Trouxeram o assunto à tona.

— Vejo apenas duas hipóteses — respondeu Barbicane, após alguns instantes de reflexão.

— Quais seriam?

— O projétil pode optar entre duas curvas matemáticas, e seguirá uma ou outra de acordo com a velocidade que o movimenta... a qual, no momento, não tenho como avaliar.

— Certo — disse Nicholl —, seguirá uma parábola, ou uma hipérbole.

— Isso mesmo — confirmou Barbicane. — Com certa velocidade, entrará em parábola, e, com velocidade mais considerável, em hipérbole.

— Adoro essas palavras difíceis — exclamou Michel Ardan.

— Dá para entender de pronto o significado. O que é essa sua parábola, que mal lhe pergunte?

— Caro amigo — respondeu o capitão —, a parábola é uma curva de segundo grau que resulta da seção de um cone cortado por um plano paralelo a um de seus lados.

— Ah, claro! — disse Michel, em tom satisfeito.

— É mais ou menos a trajetória descrita pela bomba lançada por um morteiro — acrescentou Nicholl.

— Perfeito. E a hipérbole? — perguntou Michel.

— A hipérbole, Michel, é uma curva de segundo grau, resultante da interseção de uma superfície cônica e de um plano paralelo a seu eixo, constituída em dois traços separados que se estendem indefinidamente nos dois sentidos.

— Imagine só! — exclamou Michel Ardan, com o ar seríssimo, como se lhe tivessem informado de um acontecimento grave. — Preste atenção, capitão Nicholl. O que gostei na sua definição de hipérbole, que quase chamei de hiperboba, é que é ainda menos compreensível do que a palavra que tentou definir!

Nicholl e Barbicane não deram bola para as piadas de Michel Ardan. Estavam envolvidos em uma discussão científica: a emoção era qual seria a curva seguida pelo projétil. Um defendia a hipérbole, e o outro, a parábola. Eles traziam argumentos repletos de x, todos apresentados em uma linguagem que aborrecia Michel. A discussão era veemente, e nenhum dos adversários queria sacrificar a curva predileta.

A prolongação da disputa científica acabou levando o francês a perder a paciência.

— Ora essa! Seus senhores dos cossenos, um dia cansarão de jogar parábolas e hipérboles aqui e acolá? O que eu quero saber é a única coisa interessante nessa questão. Seguiremos uma ou outra dessas curvas. Certo. Mas aonde elas nos levarão?

— A lugar nenhum — respondeu Nicholl.

— Como assim, lugar nenhum?!

— É evidente — disse Barbicane. — São curvas abertas, que se estendem ao infinito!

— Ah, esses estudiosos! — exclamou Michel. — Vocês moram no meu coração! Nossa, que diferença faz entre parábola ou hipérbole, se as duas nos levarão ao infinito espacial?!

Barbicane e Nicholl não conseguiram conter um sorriso. Eles tinham feito "a arte pela arte". Nenhuma questão mais inútil jamais fora tratada em momento mais inoportuno. A verdade sinistra era que o projétil, fosse em hipérbole ou parábola, nunca mais encontraria nem a Terra, nem a Lua.

Ora, o que aconteceria com os intrépidos viajantes no futuro muito próximo? Se não morressem de fome, se não morressem de sede, morreriam asfixiados dali a poucos dias, quando acabasse o ar, isso se o frio não os matasse primeiro!

Enquanto isso, por mais importante que fosse economizar o gás, a queda excessiva da temperatura ambiente os obrigou a consumir certa quantidade. No limite, eles podiam viver sem luz, mas não sem calor. Felizmente, as calorias fornecidas pelo aparelho de Reiset e Regnaut elevavam um pouco a temperatura interna do projétil, a qual, sem grandes desperdícios, era possível manter em grau suportável.

A observação pelas janelas, entretanto, se tornara dificílima. A umidade interna se condensava nos vidros, congelando de imediato. Era preciso esfregar o vidro com insistência para minimizar a opacidade. Ainda assim, alguns fenômenos dos mais interessantes eram constatados.

Se o disco invisível era dotado de atmosfera, afinal, não se veriam estrelas cadentes marcarem suas trajetórias? Se o projétil atravessasse tais camadas fluidas, não se escutaria algum ruído repercutido pelos ecos lunares, como os trovões de uma tempestade, os estrondos de uma avalanche, a detonação de um vulcão em atividade? E se alguma montanha ignívoma espalhasse clarões, não se veria dali a intensa fulguração? Tais fatos, constatados com cuidado, teriam elucidado com particularidade aquela questão obscura da constituição lunar. Assim, Barbicane e Nicholl, posicionados como astrônomos à janela, observavam com paciência escrupulosa.

Até então, contudo, o disco seguia calado e apagado. Ele não respondia às múltiplas interrogações feitas por aquelas mentes aguçadas.

Foi o que provocou a seguinte reflexão de Michel, de aparência bastante razoável:

— Se um dia repetirmos a viagem, cairia bem escolher a época da Lua nova.

— De fato, seria uma circunstância mais favorável — concordou Nicholl. — Admito que a Lua, inundada por raios de sol, não estaria visível durante o trajeto, porém, veríamos a Terra cheia. Além do mais, se fôssemos puxados ao redor da Lua, como nos acontece agora, ao menos teríamos a vantagem de ver o disco invisível iluminado com todo o esplendor!

— Muito bem dito, Nicholl — disse Michel Ardan. — O que você acha, Barbicane?

— Acho o seguinte: se um dia repetirmos esta viagem, partiremos na mesma época e sob as mesmas condições — respondeu o sério presidente. — Suponham que tenhamos alcançado o destino; não seria melhor encontrar o continente iluminado, em vez de terras mergulhadas na noite sombria? Nossa primeira instalação não seria feita em condições melhores? É evidente. Quanto ao lado invisível, o visitaríamos durante nossas viagens de reconhecimento pelo globo. Portanto, estávamos certos em escolher a época de Lua cheia. Só era preciso chegar ao destino e, para tal, não ter a rota desviada.

— Para isso, não tenho réplica — disse Michel Ardan. — Porém, perdemos uma bela oportunidade de observar o outro lado da Lua! Quem sabe os habitantes de outros planetas tenham aprendido mais do que os pesquisadores terráqueos a respeito de seus satélites?

Seria fácil responder assim ao comentário de Michel Ardan: Sim, outros satélites, devido à maior proximidade, facilitaram o estudo. Os moradores de Saturno, Júpiter e Urano, se existissem, se comunicariam com suas luas com maior simplicidade. Os quatro satélites de Júpiter gravitam à distância de 108.160, 172.200, 274.700 e 480.130 léguas. Porém, essas distâncias são calculadas a partir do centro do planeta, e, subtraindo o comprimento do raio, que tem de 17 a 18 mil léguas, vemos que o primeiro satélite é mais próximo da superfície de Júpiter do que a Lua da Terra. Entre as oito luas de Saturno, quatro também são mais próximas: Diana, a 84.600 léguas, Tétis, a 62.900, Encélado, a 48.191, e Mimas, a apenas 34.500 léguas. Dos oito satélites de Urano, o primeiro, Ariel, se encontra a apenas 51.520 léguas do planeta.

Portanto, na superfície desses três astros, uma experiência análoga àquela do presidente Barbicane apresentaria menos dificuldade. Se seus habitantes se aventuraram, talvez tenham reconhecido a composição da metade do disco que o satélite esconde eternamente de seus olhos.[1] Porém, se nunca deixaram o planeta, não fizeram mais do que os astrônomos da Terra.

---

1. Herschell constatou que, em todos os satélites, o movimento de rotação sobre o próprio eixo é sempre igual ao movimento de revolução ao redor do planeta. Por consequência, sempre apresentam a mesma face. Apenas Urano apresenta uma diferença bastante distinta: o movimento de suas Luas ocorre em direção quase perpendicular ao plano da órbita, e são movimentos retrógrados, ou seja, seus satélites se deslocam no sentido inverso dos outros astros do sistema solar.

Enquanto isso, o projétil descrevia, na sombra, a trajetória incalculável que nenhum ponto de referência ajudava a discernir. Será que o sentido se modificara, por influência da atração lunar, ou de um astro desconhecido? Barbicane não sabia. Porém, uma mudança ocorrera na posição relativa do veículo, que o navegante constatou por volta das 4h.

A mudança consistia no seguinte: o fundo do projétil se voltara para a superfície da Lua, e se mantinha em sentido perpendicular a seu eixo. A atração, ou seja, a aceleração da gravidade, causara tal modificação. A parte mais pesada se inclinava na direção da superfície invisível, exatamente como se o projétil fosse cair ali.

Estaria, então, caindo? Os viajantes enfim alcançariam o destino tão desejado? Não. A observação de um ponto de referência, bastante inexplicável, demonstrou a Barbicane que o projétil não se aproximava da Lua, e que se deslocava ao longo de uma curva aproximadamente concêntrica.

O ponto de referência foi um clarão luminoso que Nicholl logo indicou no limite do horizonte formado pelo disco escuro. Era impossível confundi-lo com uma estrela. Tratava-se de uma incandescência avermelhada que crescia aos poucos, prova incontestável que o projétil avançava naquele sentido, em vez de cair normalmente na superfície.

— É um vulcão! É um vulcão ativo! — exclamou Nicholl. — Uma erupção do fogo subterrâneo da Lua! Esse mundo ainda não se apagou por inteiro!

— É, sim, uma erupção — respondeu Barbicane, que estudava o fenômeno atentamente com sua luneta noturna. — Não sei o que seria, se não um vulcão.

— Para causar essa combustão, é necessário ar — disse Michel Ardan. — Então, uma atmosfera envolve essa parte da Lua.

— Talvez, mas não necessariamente — respondeu Barbicane. — O vulcão, pela decomposição de certos materiais, pode fornecer seu próprio oxigênio e, assim, jorrar chamas no vácuo. Me parece, inclusive, que essa deflagração tem a intensidade e o brilho dos objetos cuja combustão ocorre em oxigênio puro. Não nos precipitemos, ainda não podemos afirmar a existência de uma atmosfera lunar.

A montanha ignívoma deveria estar situada mais ou menos no grau 45 de latitude sul da parte invisível do disco. Porém, para enorme decepção de Barbicane, a curva descrita pelo projétil o afastou do ponto assinalado pela erupção. Portanto, ele não conseguiu determinar sua natureza mais precisamente. Após meia hora de sua aparição, o ponto luminoso desapareceu atrás do horizonte sombrio. A constatação do fenômeno, entretanto, já era um fato considerável nos estudos selenográficos: provava que ainda não desaparecera todo o calor das entranhas do globo, e, onde existe calor, quem pode afirmar que o reino vegetal, até mesmo o animal, não tenha resistido até o momento a influências destrutivas? A existência do vulcão ativo, confirmada pelos estudiosos da Terra, sem dúvida levaria a teorias favoráveis à questão controversa da habitabilidade da Lua.

Barbicane se deixou levar pela reflexão. Ele se perdia na divagação calada onde se agitavam os misteriosos destinos do mundo lunar. Procurava conectar os fatos observados até então, quando um novo incidente de supetão o trouxe de volta à realidade.

Tal incidente ia além de um fenômeno cósmico: era um perigo ameaçador, cujas consequências poderiam ser desastrosas.

De repente, no meio do éter, nas trevas profundas, surgiu uma massa imensa. Lembrava uma Lua, mas uma Lua incandescente, cujo fulgor era ainda mais ofuscante pois contrastava com a escuridão brutal do espaço. Essa massa, de forma circular, emanava tanta luz que invadia o projétil. O rosto de

Barbicane, Nicholl e Michel Ardan, banhado com violência por aquelas ondas brancas, assumiu um aspecto espectral, lívido e descorado que os físicos produzem com a luz artificial de álcool impregnado de sal.

— Que diabo! — gritou Michel Ardan. — Estamos horrendos! Que Lua infeliz é essa?

— Um bólide — respondeu Barbicane.

— Um bólide em chamas, no vácuo?

— Sim.

A bola de fogo era mesmo um bólide. Barbicane não tinha se enganado. Porém, enquanto os meteoros cósmicos quando vistos da Terra em geral apresentam uma luz apenas um pouco inferior àquela da Lua, ali, no éter sombrio, eles resplandeciam. Esses corpos errantes carregam em si mesmos o princípio da incandescência. O ar ambiente não é necessário para sua deflagração. Na realidade, enquanto certos meteoritos atravessam as camadas atmosféricas a dez ou quinze quilômetros da Terra, outros, pelo contrário, descrevem trajetórias a uma distância inalcançável pela atmosfera. Como o bólide que apareceu no 27 de outubro de 1844 na altura de 128 léguas, ou o que desapareceu no 18 de agosto de 1841 à distância de 182 léguas. Alguns desses meteoros têm de três a quatro quilômetros de diâmetro e uma velocidade que pode chegar a 75 quilômetros por segundo,[2] em sentido inverso ao do movimento da Terra.

O orbe voador, surgido de repente das sombras a, no mínimo, cem léguas, deveria, pela estimativa de Barbicane, apresentar um diâmetro aproximado de 2 mil metros. Ele avançava na velocidade de mais ou menos dois quilômetros por segundo.

---

2. A velocidade média do movimento da Terra, ao longo da eclíptica, é de apenas trinta quilômetros por segundo.

Como cortava o caminho do projétil, deveria alcançá-lo dali a poucos minutos. Conforme se aproximava, crescia em proporções enormes.

Imagine, se puder, a situação dos viajantes. É impossível descrevê-la. Apesar da coragem, do sangue-frio, do sossego frente ao perigo, eles se viram calados, imóveis, inteiramente crispados, entregues a um pavor feroz. O projétil, cuja marcha não podiam desviar, voava reto na direção da massa flamejante, mais intensa do que uma fornalha escancarada. Pareciam se jogar em um abismo de fogo.

Barbicane agarrou a mão dos dois companheiros, e o trio fitava, entre as pálpebras semicerradas, o asteroide ardente em brasa. Se a capacidade de pensar ainda não tivesse sido destruída, se seu cérebro ainda funcionasse em meio a tamanho horror, eles se imaginariam perdidos!

Dois minutos do surgimento brusco do bólide, dois séculos de angústia! O projétil parecia prestes a encontrá-lo, quando o globo de fogo estourou feito uma bomba, embora não fizesse nenhum ruído naquele meio onde era impossível propagar-se som, que nada mais é do que uma agitação das camadas de ar.

Nicholl berrou. Ele e seus companheiros correram até as janelas. Que espetáculo! Que pena saberia descrevê-lo, que paleta teria a riqueza de cores para reproduzir tamanha maravilha?

Era como ver uma cratera desabrochar, um incêndio imenso se deflagrar. Milhares de fragmentos luminosos iluminavam e riscavam o espaço. Todos os tamanhos, todas as cores, tudo se misturava. Eram irradiações amarelas, vermelhas, verdes, cinzentas, uma coroa de fogos de artifício multicoloridos. Do orbe enorme e temível, restavam apenas aqueles pedaços jogados para todos os lados, cada um seu próprio asteroide, uns fulgurantes feito uma espada, outros envoltos de nuvem esbranquiçada, além de mais alguns arrastando rastros brilhantes de poeira cósmica.

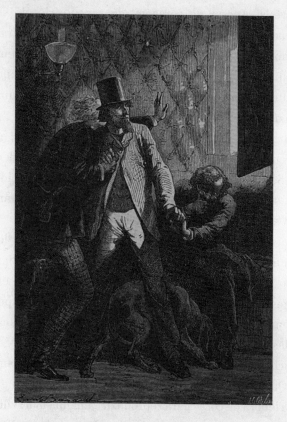

Barbicane agarrou a mão dos companheiros.

Os blocos incandescentes se cruzavam, se chocavam, se espalhavam em fragmentos menores ainda, alguns dos quais atingiram o projétil. O vidro esquerdo chegou a rachar sob um impacto violento. Eles pareciam flutuar em meio a uma chuva de obuses que poderia devastá-lo em um instante.

Que espetáculo.

A luz que saturava o éter se esparramava com intensidade incomparável, pois os asteroides se dispersavam em todos os sentidos. Em certo momento, ela ficou tão vívida que Michel, puxando Barbicane e Nicholl para sua janela, exclamou:

— A Lua invisível, por fim vista!

Os três, através do eflúvio luminoso de poucos segundos, vislumbraram o disco misterioso que os olhos humanos enxergavam pela primeira vez.

O que distinguiram àquela distância que não conseguiam avaliar? Algumas faixas compridas sobre a superfície, nuvens verdadeiras formadas em um meio atmosférico muito restrito, do qual emergiam não apenas todas as montanhas, como também os relevos de importância menor, os circos e as crateras escancaradas dispostos de qualquer jeito, como os que existem na superfície visível. Então, espaços imensos, que não eram planícies áridas, e, sim, verdadeiros mares, oceanos amplamente distribuídos, que refletiam no espelho líquido toda a magia deslumbrante dos fogos espaciais. Por fim, na superfície da terra, vastas massas escuras, que lembravam florestas imensas sob a iluminação rápida de um relâmpago.

Seria uma ilusão, um erro de vista, um engano óptico? Poderiam dar afirmação científica àquela observação obtida de forma tão superficial? Ousariam se pronunciar quanto à questão da habitabilidade do satélite, após um relance tão breve de seu disco invisível?

Enquanto isso, as fulgurações do espaço perderam força aos poucos; o brilho acidental diminuiu; os asteroides fugiram em trajetórias diversas e se apagaram ao se distanciar. O éter, enfim, retomou a escuridão costumeira; as estrelas, eclipsadas por um momento, cintilaram no firmamento, e o disco, mal entrevisto, se perdeu outra vez na noite impenetrável.

16

O HEMISFÉRIO MERIDIONAL

O projétil tinha acabado de escapar de um perigo horrível, dos mais imprevistos. Quem imaginaria encontrar bólides assim? Tais corpos errantes poderiam colocar os viajantes em sério risco. Eram armadilhas semeadas pelo mar etéreo, das quais os três, mais infelizes do que os marinheiros, não tinham como fugir. Mesmo assim, os aventureiros espaciais se lamentavam? Não, pois a natureza lhes dera esse espetáculo esplêndido de um meteoro cósmico estourando em explosão fenomenal, os incomparáveis fogos de artifícios, que nem ao menos Riggieri saberia imitar, iluminaram por alguns segundos o halo invisível da Lua. No fulgor rápido, continentes, mares e florestas apareceram. A atmosfera trazia então àquela face desconhecida suas moléculas vivificantes? Perguntas ainda sem solução, apresentadas pela eternidade à curiosidade humana!

Eram 15h30. O projétil seguia sua direção curvilínea ao redor da Lua. Será que sua trajetória fora modificada mais uma vez pelo meteoro? Era possível desconfiar. O projétil deveria, entretanto, descrever uma curva imperturbavelmente determinada pelas leis da mecânica racional. Barbicane tendia a acreditar que seria uma parábola, e não uma hipérbole. Supondo a parábola, o pelouro deveria sair bem rápido do cone de sombra projetado no espaço em oposição ao Sol. Tal cone, na realidade, é bem estreito, considerando o pequeno diâmetro angular da Lua comparado ao do Sol. Ora, até ali, o projétil flutuava na sombra profunda. Por maior que fosse sua velocidade — que não podia ser baixa —, o período de ocultação permanecia. Era um fato evidente, mas talvez não fosse no caso de uma trajetória rigorosamente parabólica. O novo problema atormentava o cérebro de Barbicane, verdadeiro prisioneiro de um nó de incógnitas do qual não conseguia se desvencilhar.

Nenhum dos viajantes considerava descansar. Aguardavam, todos, algum fato inesperado que trouxesse um novo ponto de vista aos estudos astronômicos. Por volta das cinco, Michel Ardan distribuiu, à guisa de jantar, algumas fatias de pão e de carne fria, que foram sem demora absorvidas, sem que ninguém se afastasse das janelas, cujos vidros ficavam a todo momento cobertos pela condensação do vapor.

Por volta das 17h45, Nicholl, armado com sua luneta, indicou na borda meridional da Lua, na direção seguida pelo projétil, alguns pontos brilhantes destacados na tela escura do céu. Parecia uma sucessão de picos agudos, enfileirados como uma linha trêmula. Eles se iluminavam com muita vividez. É assim que aparece o delineado terminal da Lua, quando se apresenta em um de seus oitantes.

Era impossível confundi-lo. Não se tratava mais de um simples meteoro, pois a aresta luminosa não tinha a cor de um, tampouco a mobilidade. Também não era um vulcão em erupção. Portanto, Barbicane declarou, sem hesitar:

— O Sol!

— Como assim? O Sol?! — responderam Nicholl e Michel Ardan.

— Sim, meus amigos, é o astro radiante em pessoa que ilumina o cume dessas montanhas situadas na borda meridional da Lua. Fica evidente que estamos nos aproximando do polo sul!

— Depois de passar pelo polo norte — disse Michel. — Então demos a volta em nosso satélite!

O Sol!

— Isso mesmo, meu caro Michel.
— Então não há mais nenhuma hipérbole, parábola ou curva aberta a temer!
— Não, mas uma curva fechada, sim.

— E como se chama?

— Elipse. Em vez de nos perdermos no espaço interplanetário, é provável que o projétil descreva uma curva elíptica ao redor da Lua.

— Jura?

— E que se torne seu satélite.

— A Lua da Lua! — exclamou Michel Ardan.

— Devo observar apenas, meu caro amigo — comentou Barbicane —, que continuamos igualmente perdidos!

— Certo, mas é de outro modo, e muito mais agradável! — respondeu o francês despreocupado, com seu sorriso mais simpático.

O presidente Barbicane tinha razão. Ao descrever a órbita elíptica, o projétil, sem dúvida, gravitaria eternamente ao redor da Lua, como um subsatélite. Era um novo astro somado ao sistema solar, um microcosmo povoado de três habitantes — que a falta de ar mataria em breve. Barbicane não podia se alegrar com aquela situação definitiva, imposta ao projétil pela influência dupla das forças centrípeta e centrífuga. Ele e seus companheiros reveriam a face iluminada do disco lunar. Talvez a existência deles se prolongasse o suficiente para verem uma última vez a Terra cheia, lindamente iluminada pelos raios de Sol! Talvez pudessem dar um último adeus àquele globo que nunca reencontrariam! Depois, o projétil seria apenas uma massa apagada, morta, semelhante aos asteroides inertes que circulam no éter. A única consolação era que, enfim, saíam das trevas insondáveis, voltavam à luz, entravam nas zonas banhadas pela radiação solar!

Enquanto isso, as montanhas, reconhecidas por Barbicane, destacavam-se cada vez mais da massa sombria. Eram os montes Doerfel e Leibnitz, que se erguem ao sul da região circumpolar da Lua.

Todas as montanhas do hemisfério visível já tinham sido medidas com precisão perfeita. Talvez a perfeição seja espantosa, mas esses métodos de hipsometria são rigorosos. É possível até afirmar que a altitude das montanhas da Lua é determinada com a mesma precisão daquela das montanhas da Terra.

O método mais utilizado, em geral, é o que mede a sombra projetada pelas montanhas, considerando a altura do Sol no momento da observação. É fácil obter a medida por meio de uma luneta aparelhada com uma retícula de dois fios paralelos, admitindo que o diâmetro real do disco lunar é sabido com exatidão. Esse método também possibilita calcular a profundeza das crateras e das cavidades lunares. Galileu o utilizou, e Beer e Mädler também, com extremo sucesso.

Também é possível aplicar outro método, o dos raios tangentes, à medida de relevos lunares. Ele deve ser utilizado no momento em que as montanhas formam pontos luminosos destacados da linha de separação de sombra e luz, que brilham na parte escura do disco. Esses pontos luminosos são causados por raios solares superiores àqueles que determinam o limite da fase. Portanto, a medida do intervalo escuro deixado entre o ponto luminoso e a parte luminosa da fase mais próxima determina exatamente a altura daquele ponto. Porém, é claro, esse procedimento só pode ser aplicado às montanhas vizinhas à linha de separação entre sombra e luz.

Um terceiro método consistiria em medir o perfil das montanhas lunares que se desenham no fundo, por meio do micrômetro. Entretanto, ele só serve para as alturas próximas à borda do astro.

Em todos os casos, notamos que a medição de sombras, intervalos ou perfis só pode ser realizada quando os raios solares atingem a Lua em ângulo oblíquo em relação ao observador. Quando a atingem diretamente, ou seja, quando ela está cheia, as sombras são por natureza expulsas da superfície, e a observação se torna impossível.

Galileu, o primeiro, após reconhecer a existência das montanhas lunares, empregou o método das sombras projetadas para calcular as alturas. Ele lhes atribuiu, como já foi dito, uma média de 4.500 toesas. Hevelius abaixou bastante o valor, que Riccioli, por sua vez, dobrou. As medidas estavam exageradas nos dois sentidos. Herschell, munido de instrumentos mais avançados, chegou mais perto da verdade hipsométrica. Porém, foi preciso encontrá-la, por fim, nos relatórios dos observadores modernos.

Beer e Mädler, os selenógrafos mais experientes do mundo, mediram 1.095 montanhas lunares. De seus cálculos, resulta que seis dessas montanhas se elevam acima de 5.800 metros, e 22, abaixo de 4.800. O cume mais alto da Lua mede 7.603 metros; é, portanto, inferior aos da Terra, onde alguns o ultrapassam em até mil metros. Porém, um comentário é importante. Se compararmos os volumes respectivos dos dois astros, as montanhas lunares são relativamente mais elevadas do que as terrestres. As primeiras compõem 1/470 do diâmetro da Lua, enquanto as últimas, apenas 1/1.440 do diâmetro da Terra. Para que uma montanha terrestre atingisse as proporções relativas de uma montanha lunar, sua altitude perpendicular deveria chegar a seis léguas e meia. Ora, a montanha mais elevada não chega nem a nove quilômetros.

Assim, seguindo por comparação, a cordilheira do Himalaia conta com três picos superiores aos picos lunares: o monte Everest, de 8.837 metros, o Kanchenjunga, de 8.588, e o Dhaulagiri, de 8.187 metros. Os montes Doerfel e Leibnitz da Lua têm altitude igual a do Jewahir, da mesma cordilheira, ou seja, 7.603 metros. Newton, Casatus, Curtius, Short, Tycho, Clavius, Blancanus, Endimião, os cumes principais do Cáucaso e dos Apeninos, são superiores ao Monte Branco, que mede 4.810 metros. São equivalentes ao Monte Branco, Moret, Téophyle, Catharnia; ao Monte Rosa, ou seja, 4.66 metros, Piccolomini, Werner, Harpalus; ao monte Cervin, de 4.522 metros, Macróbio, Erastótenes, Albateque, Delambre; ao pico de Tenerife, a 3.710 metros de altura, Bacon, Cysat, Fitolau e os picos dos Alpes; ao Monte Perdido dos Pireneus, ou seja, 3.351 metros, Roemer e Boguslawski; ao Etna, de 3.237 metros, Hércules, Atlas e Furnerius.

São esses os pontos de comparação que permitem avaliar a altura das montanhas lunares. Ora, precisamente, a trajetória seguida pelo projétil o carregava para essa região montanhosa do hemisfério sul, onde se erguem os exemplos mais belos da orografia lunar.

17

TYCHO

Às 18h, o projétil passava pelo polo sul, a menos de sessenta quilômetros da superfície, distância igual àquela em que passara do polo norte. Portanto, a curva elíptica se desenhava rigorosamente.

Naquele momento, os viajantes entravam no benéfico eflúvio de raios de Sol. Eles voltavam a ver as estrelas que se deslocavam devagar do oriente ao ocidente. O astro radiante foi recebido com um viva triplo. Com a luz, ele transmitia o calor, que logo atravessou as paredes de metal. Os vidros retomaram a aparência de costume, e a camada de gelo derreteu como se por magia. Por economia, eles apagaram o gás na mesma hora. Apenas o aparelho de ar precisava continuar a consumir a quantidade padrão.

— Ah! — exclamou Nicholl. — Que gostosos esses raios de calor! Com que impaciência, após uma noite tão longa, os selenitas devem aguardar o ressurgimento do astro diurno!

— Sim — respondeu Michel, inspirando fundo o éter esplendido —, luz e calor, isso que é vida!

Naquele ponto, o fundo do projétil tendia a se afastar um pouco da superfície lunar, de modo a seguir uma órbita elíptica bastante alongada. Dali, se a Terra estivesse cheia, Barbicane e seus companheiros a teriam visto. Porém, afogada pela irradiação do Sol, ela continuava invisível. Outro espetáculo atraía seus olhares: aquele que apresentava a região austral da Lua, aproximada, pelas lunetas, a seiscentos metros. Sem sair da frente das janelas, eles notavam todos os detalhes do continente bizarro.

Luz e calor, isso que é vida.

Os montes Doerfel e Leibnitz formam dois grupos separados que se desenrolam nos arredores do polo sul. O primeiro grupo se estende do polo ao paralelo 84, na parte oriental do astro; o segundo, desenhado na borda oriental, vai do grau 65 de latitude até o polo.

Nas fronteiras precisamente delineadas aparecem camadas esplendorosas, como indicadas pelo padre Secchi. Com mais certeza do que o ilustre astrônomo romano, Barbicane reconheceu sua natureza.

— É neve! — exclamou.

— Neve? — perguntou Nicholl.

— Sim, Nicholl, neve, de superfície bem congelada. Vejam como ela reflete os raios luminosos. Lava resfriada não causaria um reflexo tão intenso. Portanto, há água, há ar na Lua! Pode até ser pouco, mas o fato não é mais contestável!

Não, não tinha como ser! E, se Barbicane um dia voltasse à Terra, suas anotações serviriam de evidência quanto àquele fato considerável nas observações selenográficas.

Os montes Doerfel e Leibnitz se erguiam em meio a planícies de extensão medíocre, avizinhadas a uma sucessão indefinida de crateras e escarpas anulares. As duas cordilheiras são as únicas encontradas na região de circos. Não lá muito acidentadas, projetam alguns picos agudos aqui e ali, entre os quais o cume mais alto mede 7.603 metros.

Porém, o projétil sobrepujava todo esse cenário, e o relevo desaparecia em meio ao brilho intenso do disco. Aos olhos dos viajantes, ressurgia o aspecto arcaico das paisagens lunares, de tons crus, sem gradação de cor, sem nuance de sombra, em branco e preto bruscos, pois falta a luz difusa. Ainda assim, a vista daquele mundo desolado os cativava, talvez até pela própria estranheza. Eles passeavam por cima daquela região caótica como se levados pelo sopro de um furacão, vendo os cumes desfilarem sob seus pés, mergulhando o olhar nas cavidades, caindo pelas ranhuras, escalando as encostas, sondando os buracos misteriosos, nivelando todas as fraturas.

No entanto, não havia o menor sinal de vegetação, a menor indicação de cidades; apenas estratificações, rastros de lava, efusões polidas como espelhos imensos que refletiam os raios solares com brilho insustentável. Nada de mundo vivo, e tudo de mundo morto, onde avalanches, rolando montanha abaixo, desabavam sem som no fundo dos abismos. Havia movimento, mas faltava o estrondo.

Barbicane constatou, por observações reiteradas, que os relevos das bordas do disco, embora submetidos a forças diferentes daquelas da região central, apresentavam uma conformação uniforme. Mesma agregação circular, mesmas saliências no solo. Contudo, poderíamos crer que a disposição não deveria ser análoga. No centro, na realidade, a crosta ainda maleável da Lua foi submetida à dupla atração da Lua e da Terra, que agiu em sentido inverso, segundo um raio prolongado de um lado ao outro. Ao contrário, nas bordas do disco, a atração lunar foi, por assim dizer, perpendicular à atração terrestre. Seria crível que os relevos do solo produzidos pelas duas condições deveriam tomar formas diferentes. Ora, mas não foi o caso. A Lua encontrara, portanto, em si própria o princípio de sua formação e constituição, e não devia nada a forças estrangeiras. Isso justificava a proposta notável de Arago: "Nenhuma ação externa à Lua contribuiu para a produção de seu relevo."

De qualquer forma, no estado atual, aquele mundo era o retrato da morte, sem que se pudesse acreditar que a vida um dia lhe animara.

Michel Ardan, porém, acreditou notar uma aglomeração de ruínas, que indicou a Barbicane. Ficava mais ou menos no octogésimo paralelo, em trinta graus de longitude. Aquele acúmulo de pedras, dispostas com relativa regularidade, lembrava uma fortaleza vasta que dominava uma das ranhuras compridas que outrora teriam servido de leito a rios pré-históricos. Não muito longe, se erguia, chegando a 5.646 metros, a montanha anular de Short, equivalente ao Cáucaso asiático. Michel Ardan, com o ardor costumeiro, defendia a "evidência" da fortaleza. Abaixo, percebia as muralhas desmanteladas de uma cidade; ali, a arcada ainda intacta de um pórtico; acolá, duas ou três colunas caídas sob a base; mais adiante, uma sucessão de arcos que sustentariam um aqueduto; lá, os pilares desmoronados de uma ponte gigantesca, encaixada na parte espessa da ranhura. Ele distinguia tudo aquilo, mas com um olhar tão criativo, por uma luneta tão fantasiosa, que é preciso desconfiar da observação. Entretanto, quem afirmaria, quem ousaria dizer que o simpático rapaz não vira de fato o que os dois companheiros se recusavam a enxergar?

Os momentos eram preciosos demais para sacrificá-los em uma discussão inútil. A cidade selenita, inventada ou não, já desaparecera ao longe. A distância entre o projétil e a superfície tendia a aumentar, e os detalhes do solo começavam a se perder em uma mistura confusa. Apenas os relevos, os circos, as crateras, as planícies resistiam e destacavam com nitidez as fronteiras.

Naquele momento, à esquerda se desenhava um dos circos mais belos da orografia lunar, uma das curiosidades daquele continente. Era Newton, que Barbicane reconheceu sem dificuldade, consultando o *Mappa Selenographica*.

Newton se situa em exatos 77° de latitude sul e 16° de longitude leste. Ele forma uma cratera anular, cujas bordas, elevadas em 7.264 metros, parecem intransponíveis.

Barbicane mostrou aos companheiros que a altura da montanha acima da planície que a cercava estava longe de se equiparar à profundeza da cratera. Aquele buraco enorme ultrapassava qualquer medida, formando um abismo sombrio cujo fundo nunca era alcançado pelos raios de sol. Lá, conforme indicava Humboldt, reinava a escuridão absoluta, que a luz do Sol e da Terra não rompia. Os mitólogos a tinham descrito, com razão, como a boca do inferno.

"Ele distinguia tudo aquilo."

— Newton é o exemplo mais perfeito das montanhas anulares das quais não há uma amostra sequer na Terra. Elas provam que a formação da Lua, por meio do resfriamento, se deve a causas violentas, pois, enquanto sob a pressão do fogo interno, os relevos se projetam a alturas consideráveis, o fundo se retira e afunda muito abaixo do nível lunar — disse Barbicane.

— Não vou dizer que não — respondeu Michel Ardan.

Alguns minutos depois de passar por Newton, o projétil assomava diretamente a montanha anular de Moret. Ele costeou, de longe, os cumes de Blancanus e, por volta das 19h30, chegou ao circo de Clavius.

Esse circo lunar, um dos mais notáveis da superfície, se situa em 58° de latitude sul e 15° de latitude leste. A altura, estima-se em 7.091 metros. Os viajantes, a quatrocentos quilômetros de distância, reduzidos a quatro pelas lunetas, puderam admirar toda a vasta cratera.

— Os vulcões terrestres são meros formigueiros se comparados aos lunares — disse Barbicane. — Ao medir as crateras antigas formadas pelas primeiras erupções do Vesúvio ou do Etna, chegamos a, no máximo, 6 mil metros de largura. Na França, a cratera do Cantal tem dez quilômetros; no Ceilão, a extensão chega a setenta quilômetros, e essa é considerada a mais vasta do globo. Como comparar diâmetros assim com o de Clavius, pelo qual passamos agora?

— Qual é o deste? — perguntou Nicholl.

— Ele tem 227 quilômetros de diâmetro — respondeu Barbicane. — Sim, trata-se do maior circo lunar, mas vários outros medem 200, 150, 100 quilômetros!

— Ah, meus amigos! — exclamou Michel. — Imaginem como seria esse astro tão tranquilo, na época em que as crateras, repletas de trovão, vomitaram ao mesmo tempo torrentes de lava, chuvas de pedra, nuvens de fumaça, e ondas de chamas! Que espetáculo prodigioso, comparado com a decadência de agora! Essa Lua não passa da carcaça frágil de um fogo de artifício do qual sobrou mero papelão rasgado depois das bombas, dos foguetes, das serpentinas e dos sóis. Quem saberia a causa, a razão, a justificativa desses cataclismas?

Vocês podem imaginar.

Barbicane nem dava ouvidos a Michel Ardan. Ele contemplava as encostas de Clavius, formadas por montanhas altas com muitos quilômetros de espessura. No fundo da cavidade imensa havia centenas de crateras menores, inativas, que furavam o solo como uma escumadeira, e em seu meio dominava um pico de 5 mil metros.

Ao redor, a planície tinha um aspecto desolado. Não havia nada mais árido do que aqueles relevos, mais triste do que aquelas ruínas de montanhas e, se pudermos nos expressar nesses termos, aqueles pedaços de picos e montes cravados no chão! O satélite parecia ter explodido naquele ponto.

O projétil ainda avançava, e o caos não mudava em nada. Os circos, as crateras, as montanhas desabadas, se repetiam sem cessar. Nada de planícies, nada de mares. Era uma Suíça, uma Noruega interminável. Por fim, no centro daquela região acidentada, em seu ponto culminante, a montanha mais esplêndida da superfície lunar, a resplandecente Tycho, que conservará sempre para a posteridade o nome do ilustre astrônomo dinamarquês.

Ao observar a Lua cheia, em um céu sem nuvens, todos já devem ter notado esse ponto brilhante do hemisfério sul. Michel Ardan, para descrevê-lo, usou e abusou das metáforas que lhe vinham à mente. Para ele, Tycho era um foco ardente de luz, um centro de radiação, uma cratera que vomitava raios! Era o eixo de uma roda cintilante, uma estrela do mar abraçando o astro com seus tentáculos de prata, um olho imenso repleto de labaredas, uma auréola esculpida para a cabeça de Plutão! Era uma estrela arremessada pelo próprio Criador, que fora esmagada no impacto com a Lua!

Tycho forma tamanha concentração luminosa que os habitantes da Terra a enxergam sem luneta, mesmo a mais de 100 mil léguas. Imaginemos, então, como deveria ser sua intensidade aos olhos dos observadores posicionados a apenas 150! Através do puro éter, seu clarão era tão ofuscante que Barbicane e os amigos precisaram escurecer a lente das lunetas com a fumaça do gás, apenas para aguentar enxergar o brilho. Então, calados, emitindo poucas interseções de admiração, se isso, eles observaram, contemplaram. Tudo que sentiam, tudo que percebiam, se concentrava em seu olhar, como a vida que, sob emoção violenta, se concentra inteira no coração.

Tycho pertence ao sistema de montanhas radiantes, como Aristarco e Copérnico. Porém, sendo a mais completa e acentuada de todas, ela serve de testemunha irrecusável da aterrorizante ação vulcânica por trás da formação da Lua.

Tycho está situada a 43° de latitude meridional e 12° de longitude leste. Seu centro é ocupado por uma cratera de 87 quilômetros de largura, assumindo uma forma um pouco elíptica, contido pela fronteira de encostas anulares, que, a leste oeste, dominam a planície exterior em 5 mil metros de altura. É uma aglomeração de Montes Brancos, dispostos ao redor de um centro comum e coroados por uma cabeleira radiante.

Nem uma fotografia seria capaz de capturar a aparência dessa montanha incomparável, do conjunto de relevos convergindo nela, das protuberâncias internas da cratera. É na Lua cheia que Tycho se exibe em pleno esplendor, e é o momento em que não há sombras, desaparecem os atalhos da perspectiva, e todo negativo sai branco. É uma circunstância infeliz, pois seria curioso reproduzir aquela região estranha com a precisão da fotografia. É apenas um agrupamento de buracos, crateras, circos, um cruzamento vertiginoso de cristas; e, até perder de vista, toda uma rede vulcânica derramada naquela terra pustulenta. Entendemos, então, que o borbulhar da erupção central conservou sua primeira forma. Cristalizado pelo resfriamento, ele se tornou exemplar do aspecto que a Lua apresentou outrora sob influência das forças abissais.

A distância que separava os viajantes dos cumes anulares de Tycho não era considerável a ponto de impedi-los de levantar os detalhes principais. No entulho que compõe a circunvalação de Tycho, as montanhas, agarradas aos flancos dos declives internos e externos, sobrepunham-se como sacadas gigantescas. Elas pareciam mais elevadas, por volta de cem metros, a oeste do que a leste. Nenhum sistema de castrametação terrestre se compararia àquela fortificação natural. Uma cidade construída no fundo daquela cavidade circular seria inacessível a qualquer um.

Inacessível, sim, e maravilhosamente estendida pelo terreno acidentado de saliências pitorescas! A natureza não havia deixado o fundo da cratera liso nem vazio. Ele tinha sua própria orografia, um sistema montanhoso que compunha todo um mundo à parte. Os viajantes distinguiram com toda a precisão cones, colinas centrais, movimentos de terra notáveis, dispostos pela natureza para receber as obras-primas da arquitetura selenita. Ali se desenhava a praça de um templo, acolá, o terreno de um fórum, de um lado, a base de um palácio, do outro, a fundação de uma cidadela. Tudo assomado por uma montanha central de 1.500 pés. Vasto circuito, onde caberiam dez Romas antigas!

— Ah! — exclamou Michel Ardan, entusiasmado com a vista. — Que cidade grandiosa construiríamos nesse anel de montanhas! Capital tranquila, refúgio agradável, afastado de toda a miséria humana! Como viveriam bem, calmos e isolados, todos os misantropos, os que detestam a humanidade, os que desprezam a vida social!

— Todos?! Não caberiam todos ali! — respondeu Barbicane simplesmente.

18
QUESTÕES GRAVES

Quando o projétil ultrapassou a fronteira de Tycho, Barbicane e os dois amigos observaram, com a atenção mais escrupulosa, os raios brilhantes tão curiosamente dispersados pela montanha no horizonte.

O que era aquela auréola radiante? Que fenômeno geológico desenhara aquela juba ardente? A questão preocupava Barbicane, como não podia deixar de ser.

Sob os olhos dos aventureiros, estendiam-se em todos os sentidos aqueles sulcos luminosos de bordas salientes e centro côncavo, alguns de vinte quilômetros de largura, outros de cinquenta. Os rastros cintilantes percorriam em certos pontos até mais de trezentas léguas de Tycho, parecendo cobrir, ainda mais ao leste, noroeste e norte, metade do hemisfério meridional. Alguns jatos se prolongavam até o circo de Meandro, situado no quadragésimo meridiano. Já outro fazia a curva, cruzava o mar do Néctar e encontrava a cordilheira dos Pireneus, após um percurso de quatrocentas léguas. Mais alguns, para o oeste, cobriam em rede luminosa o mar das Nuvens e o mar dos Humores.

Qual seria a origem dos raios cintilantes que apareciam nas planícies e nos relevos, fosse qual fosse a altura? Todos partiam de um centro comum, a cratera de Tycho, e de lá emanavam.

Herschell atribui o aspecto brilhante a correntezas antigas de lava paralisadas pelo frio, uma opinião que não foi amplamente aceita. Outros astrônomos viram naqueles raios inexplicáveis fileiras de rochas erráticas, projetadas na época da formação de Tycho.

— E por que não? — perguntou Nicholl a Barbicane, que relatava essas opiniões diversas e logo as refutava.

— Porque a regularidade das linhas luminosas e a violência necessária para transportar matéria vulcânica a tais distâncias são inexplicáveis.

— Que nada! — respondeu Michel Ardan. — Eu acho é fácil explicar a origem desses raios.

— Jura? — indagou Barbicane.

— Juro — confirmou Michel. — São rachaduras vastas, como aquelas causadas pelo impacto de um tiro ou de uma pedra no vidro!

— Bem, e que mão teve a força necessária para jogar a pedra causadora de tamanho choque? — questionou Barbicane, sorrindo.

— Não precisa de mão alguma — respondeu Michel, inabalável. — É só supor que a pedra é um cometa.

— Ah! Os cometas! — exclamou Barbicane. — Que exagero! Meu caro Michel, sua explicação não é ruim, mas não precisa de cometa. O choque que causou essas rachaduras pode ter vindo do interior do astro. Uma contração violenta da crosta lunar, retraída pelo resfriamento, pode ter bastado para causar esse estilhaçamento gigantesco.

— Entendi a contração. Seria uma espécie de cólica lunar — disse Michel Ardan.

— Além do mais — acrescentou Barbicane —, essa é a opinião de um pesquisador inglês, Nasmyth, e me parece explicar razoavelmente os raios nessas montanhas.

Uma cólica lunar.

— Esse Nasmyth não é bobo! — respondeu Michel.

Por muito tempo, os viajantes, que não eram indiferentes a tal espetáculo, admiraram o esplendor de Tycho. O projétil, impregnado das emanações luminosas naquela dupla radiação de Sol e Lua, deveria parecer um globo incandescente. Por isso, o trio tinha passado de repente do frio considerável ao calor intenso. E, dessa forma, a natureza os preparava para virarem selenitas.

Virarem selenitas! Essa ideia trouxe de volta à tona a questão da habitabilidade da Lua. Após o que tinham visto, será que os viajantes saberiam respondê-la? Conseguiriam chegar a uma conclusão, favorável ou adversa? Michel Ardan provocou os dois amigos a formularem um parecer cada e perguntou, sem delongas, se acreditavam que a animalidade e a humanidade estariam representadas no mundo lunar.

— Acredito que podemos responder — disse Barbicane —, mas, a meu ver, a pergunta não deve se apresentar dessa forma. Peço para elaborá-la de outro modo.

— Elabore à vontade — respondeu Michel.

— Obrigado. Na verdade, são dois problemas que exigem soluções distintas. A Lua é habitável? E a Lua foi habitada?

— Certo — falou Nicholl. — Consideremos, primeiro, se a Lua é habitável.

— Para ser sincero, não faço ideia — opinou Michel.

— E eu respondo na negativa — disse Barbicane. — No estado atual, com uma camada atmosférica sem dúvida reduzidíssima, mares em maioria secos, água insuficiente, vegetação restrita, variação brusca de calor e frio, noites e dias de 354 horas, a Lua não me parece habitável, tampouco propícia ao desenvolvimento do reino animal nem suficiente às necessidades da existência dentro do que conhecemos.

— Concordo — disse Nicholl. — Mas a Lua não seria habitável para seres organizados de modo diferente do nosso?

— É mais difícil responder essa pergunta — retrucou Barbicane. — Tentarei fazê-lo, mas perguntei a Nicholl se o *movimento* lhe parece resultado necessário da vida, independente da organização?

— Sem a menor dúvida — declarou Nicholl.

— Então, meu caro companheiro, respondo que observamos os continentes lunares à distância de, no máximo, quinhentos metros, sem ver movimento nenhum aparente na superfície da Lua. A presença de qualquer humanidade seria revelada por apropriações, construções diversas, até mesmo ruínas. Ora, e o que vimos? Sempre, a todo momento, o trabalho geológico da natureza, nunca do homem. Se, portanto, existirem representantes do reino animal na Lua, estarão escondidos nessas cavidades insondáveis inatingíveis pelo olhar. Não consigo admitir tal possibilidade, pois eles teriam deixado rastros de sua passagem pelas planícies que devem receber a atmosfera, por menos elevada que seja. Ora, rastros assim não estão visíveis em lugar algum. Resta, portanto, a única hipótese de uma espécie de seres vivos alheios ao movimento, que é a vida!

— Ou seja, seres vivos que não vivem — retrucou Michel.
— Isso mesmo. O que, para nós, não faz sentido.
— Então podemos formular nossa opinião — disse Michel.
— Podemos — falou Nicholl.
— Muito bem — continuou Michel Ardan —, a Comissão Científica reunida no projétil do Gun Club, após sustentar a argumentação com fatos recém-observados, decide-se em unanimidade quanto à questão da atual habitabilidade da Lua: não, a Lua não é habitável.

A decisão foi registrada pelo presidente Barbicane em seu bloco de notas, contendo a ata da sessão de 6 de dezembro.

— Agora — disse Nicholl —, vamos à segunda pergunta, complemento indispensável da primeira. Pergunto à honrada Comissão: se a Lua não é habitável, foi habitada um dia?

— O cidadão Barbicane tem direito à palavra — declarou Michel Ardan.

— Meus amigos — respondeu Barbicane —, não esperei essa viagem para formar opinião sobre a habilidade passada de nosso satélite. Acrescento, inclusive, que nossas observações pessoais só fizeram confirmar tal opinião. Acredito, até mesmo afirmo, que a Lua foi habitada por uma espécie humana organizada como a nossa, que produziu animais anatomicamente conformes aos terrestres, mas acrescento que já passou da época dessas espécies humanas e animais e que elas foram extintas!

— Então a Lua seria um mundo mais velho do que a Terra? — perguntou Michel.

— Não — respondeu Barbicane, convicto —, mas um mundo que envelheceu mais rápido, e cuja formação e deformação foram mais breves. Relativamente, as forças organizadoras da matéria foram muito mais violentas dentro da Lua do que do globo terrestre. O estado atual desse disco cravejado, atormentado, intumescido, é prova abundante disso. A Lua e a Terra, em seus princípios, eram apenas massas gasosas. Esses gases passaram ao estado líquido sob influências diversas, e a massa sólida se formou mais tarde. Porém, sem a menor dúvida, nosso esferoide ainda era gasoso ou líquido quando a Lua, já solidificada pelo resfriamento, tornou-se habitável.

— Acredito — disse Nicholl.

— Uma atmosfera a envolvia na época — continuou Barbicane. — A água, contida pelo invólucro gasoso, não evaporava. Sob influência do ar, da água, da luz, do calor solar e do calor central, a vegetação se apropriou dos continentes preparados para recebê-la, e a vida decerto se manifestou nessa época, pois não se desperdiça a natureza, a um mundo tão maravilhosamente habitável tem que ter sido habitado.

— Entretanto, vários fenômenos inerentes aos movimentos do satélite deveriam dificultar a expansão dos reinos vegetal e animal — respondeu Nicholl. — Os dias e noites de 354 horas, por exemplo?

— Nos polos terrestres, eles duram seis meses! — disse Michel.

— Não há muito valor nesse argumento, pois os polos são inabitados.

— Notemos, meus amigos — prosseguiu Barbicane —, que, embora, no estado atual da Lua, essas noites e esses dias compridos criem diferenças de temperatura insuportáveis para o organismo, não era esse o caso nessa época histórica. A atmosfera envolvia o disco com um manto fluido. O vapor se distribuía na forma de nuvens. Essa cortina natural atenuava a intensidade dos raios solares e continha a radiação noturna. A luz, assim como o calor, poderia se difundir no ar. Portanto, havia na época um equilíbrio entre tais influências que hoje já não existe, agora que a atmosfera desapareceu quase por inteiro. Ainda por cima, vou dizer uma coisa espantosa...

— Espante à vontade — disse Michel Ardan.

— Acredito, na realidade, que, nessa época em que a Lua era habitada, as noites e os dias não duravam 354 horas!

— E por quê? — perguntou Nicholl, enfático.

— Porque é bem provável que o movimento de rotação da Lua sobre o próprio eixo não fosse igual ao movimento de revolução, a igualdade que apresenta cada ponto do disco à ação dos raios solares por quinze dias.

— Certo — respondeu Nicholl —, mas por que esses dois movimentos não seriam iguais, se hoje, são?

— Porque essa igualdade só foi determinada pela atração terrestre. Ora, quem disse que essa atração tinha força suficiente para modificar os movimentos da Lua na época em que a Terra era apenas fluida?

— Verdade — concordou Nicholl. — E quem disse que a Lua sempre foi satélite da Terra?

— E quem disse — falou Michel Ardan — que a Lua não surgiu muito antes da Terra?

A imaginação se exaltava no campo infinito das hipóteses. Barbicane quis freá-las.

— Essas especulações são excessivas, problemas insolúveis de fato. Não exageremos. Admitamos apenas a insuficiência da atração primordial e, por igualdade dos dois movimentos de rotação e revolução, os dias e as noites poderiam ocorrer na Lua como na Terra. Além do mais, a vida teria sido possível mesmo sem essas condições.

— Ainda assim, a humanidade desapareceu da Lua? — questionou Michel Ardan.

— Sim, após persistir, sem dúvida, por milhares de séculos — disse Barbicane. — Até que, pouco a pouco, conforme a atmosfera se tornava rarefeita, o disco ficava inabitável, como ocorrerá um dia com o globo terrestre, devido ao resfriamento.

— Ao resfriamento?

— Sem dúvida — confirmou Barbicane. — Com o calor interno se apagando, e a matéria incandescente concentrada, a crosta lunar esfriou. Pouco a pouco, as consequências surgiram: o desaparecimento dos seres organizados, da vegetação. Logo a atmosfera ficou mais rarefeita, muito provavelmente furtada pela atração terrestre; acabou o ar respirável, e a água pela evaporação. Nessa época, a Lua, então inabitável, já não era habitada. Era um mundo morto, como nos parece hoje.

— E você acha que o mesmo vai ocorrer com a Terra?

— É bem provável.

— Mas quando?

— Quando o esfriamento da crosta a tornar inabitável.

— E já calculamos o tempo que nosso infeliz esferoide levará para esfriar?

— Sem dúvida.

— E você sabe desses cálculos?

— À perfeição.

— Então desembuche, seu azucrinante estudioso — falou Michel Ardan —, porque estou fervendo de impaciência!

— Bem, meu caro Michel — respondeu Barbicane, tranquilo —, sabemos a diminuição de temperatura que a Terra sofre ao longo de um século. De acordo com certos cálculos, essa temperatura média chegará a zero após um período de 400 mil anos!

— 400 mil anos! — exclamou Michel. — Ufa! Que alívio! Sinceramente, eu já estava apavorado! Do jeito que você estava falando, achei que só nos restava uns 50 mil anos como espécie!

Barbicane e Nicholl não conseguiram segurar o riso diante das preocupações do companheiro. Então o capitão, que queria concluir, repetiu a segunda pergunta de que tinham tratado.

— A Lua foi habitada?

A resposta unânime foi afirmativa.

Durante a discussão — fértil em teorias um pouco arriscadas, embora resumisse as ideias gerais adquiridas pela ciência quanto àquele aspecto —, o projétil correra às pressas na direção do equador lunar, sempre se afastando regularmente da superfície. Ele tinha passado pelo circo de Willem e pelo quadragésimo paralelo à distância de oitocentos quilômetros. Enfim, ultrapassando pela esquerda Pitatus no trigésimo grau, ladeou o sul do mar das Nuvens, cujo norte já alcançara. Circos diversos surgiram, confusos, na alvura fulgurante da Lua cheia: Bouillaud, Peuerbach, de forma quase quadrada, com uma cratera central, e, por fim, Arzaquel, cuja montanha interna brilha com um clarão indefinível.

Conforme o projétil se afastava, as linhas se apagaram aos olhos dos viajantes, as montanhas se misturaram ao longe, e, de todo aquele conjunto maravilhoso, bizarro e estranho do satélite da Terra, restou apenas a lembrança perene.

19
LUTANDO CONTRA O IMPOSSÍVEL

Por bastante tempo, Barbicane e seus companheiros, calados e pensativos, observaram aquele mundo que só haviam visto de longe, como Moisés em Canaã, e do qual se afastavam sem volta. A posição do projétil em relação à Lua mudara, e a base dele se voltava para a Terra.

A alteração, constatada por Barbicane, o surpreendeu. Se o pelouro gravitasse ao redor do satélite seguindo uma elipse, por que não voltava à superfície a parte mais pesada, como a Lua em relação à Terra? Havia algo misterioso ali.

Observando o percurso do projétil, reconheceríamos que ele seguia, conforme se afastava da Lua, uma curva análoga à que traçara ao se aproximar. Descrevia, portanto, uma elipse muito comprida, que talvez se estendesse até o ponto de atração equivalente, onde se neutralizam as influências da Terra e do satélite.

Foi essa a conclusão correta a que Barbicane chegou a partir dos fatos observados, e os dois amigos partilharam da convicção.

Sem demora, choveram dúvidas.

— E, ao chegarmos ao ponto morto, o que acontecerá conosco? — perguntou Michel Ardan.

— Não sabemos! — respondeu Barbicane.

— Mas podemos criar hipóteses?

— Duas: ou a velocidade do projétil será insuficiente, e permaneceremos para sempre imóveis na linha de dupla atração...

— Prefiro a outra hipótese, e nem sei qual é — retrucou Michel.

— Ou a velocidade será suficiente — continuou Barbicane —, e ele voltará à rota elíptica e gravitará para sempre ao redor da Lua.

— Reviravolta desagradável — disse Michel. — Tornar-nos humildes serviçais de um satélite que nos acostumamos a considerar nosso serviçal! Eis o destino que nos aguarda.

Nem Barbicane, nem Nicholl responderam.

— Vão ficar calados assim? — insistiu o impaciente Michel.

— Não tenho o que responder — disse Nicholl.

— Não podemos tentar nada?

— Não — respondeu Barbicane. — Quer lutar contra o impossível?

— E por que não? Um francês e dois americanos recuariam diante de uma palavra dessas?

— Mas o que você quer fazer?

— Controlar o movimento que nos transporta!

— Controlar?

— Sim — retomou Michel, mais animado —, interrompê-lo ou modificá-lo. Dedicá-lo, enfim, ao sucesso de nossos projetos.

— Como?

— Já isso é com vocês! Se artilheiros deixam de controlar as balas, é porque não são mais artilheiros. Se o projétil comanda o soldado, é o soldado que devia ser enfiado no canhão! Especialistas, até parece! Especialistas só em desistir, depois de me incitar...

— Incitar! — gritaram Barbicane e Nicholl. — Incitar! Como assim?

— Nada de recriminação! — disse Michel. — Não estou reclamando! Gostei do passeio! Aceito o projétil! Mas façamos tudo de humanamente possível para cair em algum canto, mesmo que não na Lua.

— É o que nós desejamos também, meu caro Michel — respondeu Barbicane —, mas não temos recursos.

— Não dá para modificar o movimento do projétil?

— Não.

— Nem diminuir sua velocidade?

— Não.

— Nem mesmo se aliviarmos o peso, como em um navio com excesso de carga?!

— E o que jogaríamos fora?! — retrucou Nicholl. — Não tem lastro algum a bordo. Além do mais, me parece que o projétil mais leve andaria mais rápido.

— Menos rápido — disse Michel.

— Mais rápido — insistiu Nicholl.

— Nem menos, nem mais — respondeu Barbicane, para apaziguar os amigos —, pois estamos flutuando no vácuo, onde o peso específico não faz diferença.

— Então — falou Michel Ardan, determinado —, resta apenas uma coisa a fazer!

— O quê? — perguntou Nicholl.

— Comer! — declarou, imperturbável, o francês audacioso, que sempre propunha a mesma solução às conjunturas mais difíceis.

De fato, se aquela operação não teria nenhuma influência na direção do projétil, era possível efetuá-la sem inconvenientes, e até com sucesso, do ponto de vista do estômago. Era certo que Michel só tinha boas ideias.

Almoçaram, então, às 2h; mas a hora não fazia diferença. Michel serviu o cardápio típico, coroado por uma deliciosa garrafa de sua adega secreta. Na falta de ideias, era preciso recorrer ao vinho Chambertin de 1863.

Após a refeição, retomaram as observações.

Os objetos jogados ao exterior continuavam à distância invariável do projétil. Evidentemente, o pelouro, no movimento de translação ao redor da Lua, não atravessara atmosfera alguma, pois o peso específico dos descartes teria, nesse caso, modificado seu percurso relativo.

Do lado do esferoide terrestre, não havia o que ver. Só um dia se passara na Terra, pois estava nova na meia-noite da véspera, e faltavam mais dois antes que seu crescente, escapando dos raios solares, servisse de relógio aos selenitas, pois, no movimento de rotação, cada ponto passa sempre pelo mesmo meridiano lunar a cada 24 horas.

Do lado da Lua, o espetáculo era outro. O astro brilhava em pleno esplendor, em meio a inúmeras constelações cuja pureza não era perturbada por seus raios. Na superfície, as planícies já recuperavam o matiz escuro que se vê da Terra. O resto do halo permanecia cintilante e, em meio àquele esplendor geral, Tycho ainda se destacava como um sol.

Barbicane não conseguia avaliar a velocidade do projétil de modo algum, mas a razão ditava que a velocidade deveria diminuir em ritmo uniforme, de acordo com as leis da mecânica racional.

Se o projétil descrevesse uma órbita ao redor da Lua, tal órbita seria necessariamente elíptica. É o que rege a ciência. Nenhum corpo móvel circulando ao redor de um corpo que o atrai escapa dessa lei. Todas as órbitas descritas no espaço são elípticas: a dos satélites ao redor dos planetas, dos planetas ao redor do Sol, do Sol ao redor do astro desconhecido que lhe serve de pivô central. Por que o projétil do Gun Club escaparia àquela disposição natural?

Ao redor do projétil.

Ora, nas órbitas elípticas, o corpo atrator ocupa sempre um dos focos da elipse. O satélite se encontra, portanto, mais próximo em certo momento e mais afastado em outro do astro ao redor do qual gravita. Quando a Terra se acerca mais do Sol, está no periélio, quando se encontra mais afastada, está no afélio. No caso da Lua, ela está mais próxima da Terra no perigeu e mais distante no apogeu. Para utilizar expressões análogas que enriqueceriam a linguagem astronômica, se o projétil permanecesse como satélite da Lua, deveríamos dizer que se encontra no "aposselênio" no ponto mais distante e no "perisselênio" no mais próximo.

Neste último caso, o projétil deveria atingir a velocidade máxima; no primeiro, a mínima. Ora, não restava dúvida de que ele se dirigia no sentido do ponto apposselenítico, e Barbicane estava certo ao pensar que a velocidade decresceria até tal ponto, a partir do qual aumentaria aos poucos, conforme se aproximasse da Lua. A velocidade seria nula se tal ponto fosse igual ao de atração equivalente.

Barbicane estudava as consequências das situações diversas e procurava alguma vantagem a aproveitar quando foi bruscamente interrompido por um berro de Michel Ardan.

— Minha nossa! — exclamou o francês. — Temos que admitir que somos imbecis dos maiores!

— Não negarei — respondeu Barbicane —, mas por quê?

— Porque temos um modo bem simples de desacelerar a velocidade que nos afasta da Lua e não o usamos!

— Qual?

— A força de recuo em nossos foguetes.

— Verdade! — disse Nicholl.

— Ainda não usamos essa força, é certo, mas ainda a utilizaremos — respondeu Barbicane.

— Quando? — perguntou Michel.

— Quando for a hora certa. Percebam, meus amigos, que, na posição ocupada pelo projétil, posição ainda oblíqua em relação ao disco lunar, nossos foguetes, ao modificar a direção, poderiam afastá-lo em vez de aproximá-lo da Lua. É a Lua que querem alcançar, não é?

— Essencialmente — confirmou Michel.

— Então aguardem. Por uma influência inexplicável, o projétil tende a aproximar a base da Terra. É provável que, no ponto de atração equivalente, seu topo cônico se volte por inteiro para a Lua. Nesse momento, podemos esperar que sua velocidade seja nula. Será a hora de agir, e, sob a força desses foguetes, talvez possamos provocar uma queda direta na superfície lunar.

— Bravo! — exclamou Michel.

— Não o fizemos e nem poderíamos ter feito na primeira passagem pelo ponto morto, porque o projétil ainda estava carregado de velocidade.

— Bom raciocínio — disse Nicholl.

— Esperemos com paciência — falou Barbicane. — Usemos todas as chances ao nosso favor e, depois de tanto desespero, volto a acreditar que alcançaremos nosso objetivo!

Essa conclusão levou a brindes e vivas de Michel Ardan. Nenhum dos loucos audaciosos lembrava a questão que tinham resolvido pessoalmente e negado: não! A Lua não é habitada! Não! A Lua provavelmente não é habitável! Ainda assim, iam tentar de tudo para alcançá-la!

Restava apenas uma questão a solucionar: em que momento preciso o projétil atingiria o ponto de atração equivalente onde os viajantes apostariam tudo?

Para calculá-lo com margem de erro de segundos, Barbicane precisava apenas consultar o diário de bordo e levantar as alturas diferentes a cada paralelo lunar. Assim, o tempo dedicado a percorrer a distância situada entre o ponto morto e o polo sul deveria ser igual à distância que separava o polo norte do ponto morto. As horas representando o tempo de percurso estavam registradas com esmero, e o cálculo era fácil.

Barbicane concluiu que o ponto seria alcançado pelo projétil à 1h na noite de 7 a 8 de dezembro. No momento, eram 3h do 6 ao 7 de dezembro. Portanto, se nada interrompesse o trajeto do projétil, ele chegaria ao ponto desejado dali a 22 horas.

Os foguetes tinham sido dispostos, a princípio, para desacelerar a queda do projétil na Lua, mas os intrépidos exploradores os utilizariam para provocar o efeito oposto. De qualquer modo, estavam prontos, então bastava aguardar o momento de acendê-los.

— Como não temos mais o que fazer, tenho uma proposta — disse Nicholl.

— Qual? — perguntou Barbicane.

— Proponho dormir.

— Como assim?! — exclamou Michel Ardan.

— Faz quarenta horas que não pregamos o olho — disse Nicholl. — Algumas horas de sono nos devolverão as forças.

— Nunca — retrucou Michel.

— Bom, cada um com seu cada qual! — respondeu Nicholl. — Eu vou é dormir!

O capitão se deitou no divã e, em pouco tempo, estava roncando como uma bala de calibre 48.

— Esse Nicholl é muito sensato — logo disse Barbicane. — Vou imitá-lo.

Dali a poucos instantes, ele harmonizava com um baixo contínuo o barítono do colega.

— Sinceramente — falou Michel Ardan, sozinho —, esse pessoal prático às vezes até que tem ideias interessantes.

E, esticando as pernas compridas e cruzando os braços atrás da cabeça, Michel também adormeceu.

O sono, contudo, não tinha como ser duradouro, nem tranquilo. Preocupações demais reviravam a alma daqueles homens, de modo que, após algumas horas, por volta das 7h, os três se levantaram ao mesmo tempo.

O projétil ainda se afastava da Lua, inclinando cada vez mais a parte cônica na direção dela. O fenômeno até então era inexplicável, mas, felizmente, era útil ao projeto de Barbicane.

Dali a dezessete horas, chegaria a hora de agir.

Sinceramente, esse pessoal prático...

O dia pareceu demorado. Por mais audaciosos que fossem, os viajantes se sentiam bastante abalados pela aproximação daquele instante que decidiria tudo — fosse uma queda na Lua, fosse um futuro eterno na órbita imutável. Estavam contando as horas, que achavam lentas demais, Barbicane e Nicholl obstinados nos cálculos, e Michel andando em círculos naquele recinto estreito, contemplando com avidez a Lua impassível.

Às vezes, lembranças da Terra lhes ocorriam por alguns instantes. Pensavam nos amigos do Gun Club, em especial no mais querido, J. T. Maston. Naquele momento, o honrado secretário deveria estar a postos nas Montanhas Rochosas. Se visse o projétil no espelho do telescópio gigantesco, o que pensaria? Após vê-lo desaparecer atrás do polo sul da Lua, o veria ressurgir pelo polo norte! Era, afinal, o satélite de um satélite! J. T. Maston teria disparado no universo aquela novidade inesperada? Seria tal o desfecho da enorme empreitada?

O dia passou sem incidentes. Foi-se a meia-noite terrestre. Começaria o 8 de dezembro. Dali a uma hora, chegariam ao ponto de atração equivalente. Que velocidade impulsionava o projétil? Não tinham como estimar. Porém, nenhum erro poderia macular os cálculos de Barbicane. À 1h, a velocidade deveria ser, e seria, nula.

Outro fenômeno deveria também marcar o ponto de parada do projétil na linha neutra. Naquele local, ambas as atrações, terrestre e lunar, se anulariam. Os objetos não teriam mais "peso". Esse fato singular, que surpreendera tão curiosamente Barbicane e os companheiros na ida, deveria ocorrer em condições idênticas na volta. Era naquele momento preciso que deveriam agir.

A ponta cônica do projétil já estava bastante voltada para a superfície lunar. Ele se apresentava de modo a utilizar todo o recuo produzido pelo impulso dos aparelhos explosivos. As chances então aumentavam para os viajantes. Se a velocidade do projétil fosse anulada naquele ponto morto, determinado movimento na direção da Lua bastaria, por mais leve que fosse, para determinar sua queda.

— Cinco para uma — disse Nicholl.

— Está tudo pronto — respondeu Michel Ardan, aproximando um pavio preparado da chama do gás.

— Espere — pediu Barbicane, com o relógio em mãos.

Naquele momento, a aceleração da gravidade deixou de ter efeito. Os viajantes sentiam também seu desaparecimento completo. Eles estavam muito próximos do ponto neutro, isso se já não tivessem chegado...

— Uma hora! — declarou Barbicane.

"Uma hora!"

Michel Ardan encostou o pavio aceso de um artifício que comunicava instantaneamente os foguetes. Não se ouviu nenhuma detonação lá dentro, onde não havia ar. Porém, pelas janelas, Barbicane viu uma fusão prolongada, cuja deflagração logo se apagou.

O projétil foi tomado por certo tremor, muito perceptível lá dentro.

Os três amigos olhavam, escutando sem falar, prendendo a respiração. Daria para escutar seu coração em meio àquele silêncio absoluto.

— Estamos caindo? — perguntou Michel Ardan, enfim.

— Não — respondeu Nicholl —, porque o fundo do projétil não se virou para a Lua!

Naquele momento, Barbicane, afastando-se do vidro, se voltou para os dois companheiros. Ele estava com uma palidez assustadora, de testa franzida e boca torcida.

— Estamos caindo! — declarou.

— Ah! — exclamou Michel Ardan. — Na Lua?

— Na Terra! — respondeu Barbicane.

— Que diabo! — reagiu Michel Ardan, antes de acrescentar, filosófico: — Bem, ao entrar nesse projétil, desconfiamos mesmo que não seria fácil sair!

A queda apavorante começou. A velocidade conservada pelo projétil o transportara para além do ponto morto, e a explosão dos foguetes não a interrompera. A mesma velocidade que levara o projétil para além da linha neutra na ida, agora o levava de volta. A física indicava que, naquela órbita elíptica, *ele passaria novamente por todos os pontos pelos quais passara antes.*

Era uma queda horrível, de 78 mil léguas, e não havia nenhum amortecedor para contê-la. De acordo com as leis da balística, o projétil deveria atingir a Terra com velocidade equivalente àquela que o impulsionara na saída do canhão, de 16 mil metros no último segundo!

Para comparação, calculou-se que um objeto derrubado do topo das torres da Notre Dame, cuja altura é apenas de duzentos pés, chega à calçada com a velocidade de 120 léguas por hora. Enquanto isso, o projétil deveria cair na Terra na velocidade de *57.600 léguas por hora.*

— Estamos perdidos — disse Nicholl, frio.

— Bem, se morrermos — respondeu Barbicane, com um entusiasmo quase religioso —, o resultado de nossa viagem tomará proporções magníficas! Escutaremos o próprio segredo de Deus! Na outra vida, a alma não necessitará de máquinas nem de aparelhos para saber do que quer que seja! Ela se identificará com a sabedoria eterna!

— De fato — disse Michel Ardan —, o além inteiro serve para compensar esse astro ínfimo que chamamos de Lua!

Barbicane cruzou os braços em um gesto de resignação sublime.

— Que seja feita a vontade do céu! — declarou.

20

A SONDAGEM DO *SUSQUEHANNA*

— E aí, tenente, como vai a sondagem?

— Acredito, senhor, que a operação esteja chegando ao fim — respondeu o tenente Bronsfield. — Quem esperava encontrar tamanha profundidade tão perto da terra, a cerca de quinhentos quilômetros da costa americana?

— De fato, Bronsfield, é uma depressão profunda — disse o capitão Blomsberry. — Há, neste local, um vão submarino cavado pela corrente de Humboldt que ladeia as costas da América até o estreito de Magalhães.

— As profundidades tão extremas são pouco favoráveis à instalação de cabos telegráficos — respondeu o tenente. — Melhor uma plataforma uniforme, como aquela que sustenta o cabo americano entre Valentia e Terra Nova.

— Concordo, Bronsfield. E, por favor, tenente, onde estamos agora?

— No momento, senhor, temos 21.500 pés de corda esticados, e o peso que conduz a sonda ainda não encostou no fundo, pois a sonda subiria sozinha.

— É bem engenhoso esse aparelho de Brook — disse o capitão Blomsberry. — Ele possibilita sondagens de alta precisão.

— Contato! — gritou, no mesmo momento, um dos timoneiros da proa que supervisionava a operação.

O capitão e o tenente se dirigiram ao castelo da proa.

— Qual é a profundidade? — perguntou o capitão.

— 21.762 pés — respondeu o tenente, anotando o valor no caderno.

— Bem, Bronsfield, vou marcar esse resultado no mapa — disse o capitão. — Agora ice a sonda a bordo. O trabalho levará várias horas. Enquanto isso, o engenheiro acenderá a fornalha para estarmos prontos para partir logo que acabar. São 22h, e, se me dá licença, tenente, eu vou dormir.

— À vontade, senhor, à vontade! — respondeu o tenente Bronsfield, com obséquio.

O capitão do *Susquehanna*, um homem dos mais corajosos, sempre ao dispor dos oficiais, entrou na cabine, tomou um grogue de conhaque que mereceu um sem-fim de elogios satisfeitos ao mordomo, se deitou, tendo lisonjeado o camareiro pelo talento na arrumação da cama, e caiu em sono tranquilo.

Eram 22h. O décimo-primeiro dia de dezembro acabaria em uma noite magnífica.

O *Susquehanna*, corveta de quinhentos cavalos da marinha dos Estados Unidos, era responsável por sondagens no Pacífico, a cerca de cem léguas da costa, ao lado daquela península comprida que se desenha na orla do Novo México.

O vento baixara devagar. Nenhuma agitação perturbava o ar. A flâmula da corveta, imóvel e inerte, pendia do mastaréu do joanete.

O capitão Jonathan Blomsbery — primo-irmão do coronel Blomsberry, um dos membros mais ardentes do Gun Club, que se casara com uma Horschbidden, tia do capitão e filha de um negociante honorável do Kentucky — nem imaginaria um clima melhor para concluir aquela sondagem delicada. A corveta nem chegara a sentir aquela vasta tempestade que, varrendo as nuvens acumuladas nas Montanhas Rochosas, deveria possibilitar a observação do trajeto do famoso projétil. Estava dando tudo certo, e ele não deixava de agradecer aos céus com o fervor de um presbiteriano.

A série de sondagens executadas pelo *Susquehanna* tinha o objetivo de reconhecer as áreas mais favoráveis para instalação de um cabo submarino que deveria conectar as ilhas do Havaí à costa americana.

Tratava-se de um projeto vasto, iniciativa de uma empresa poderosa. Seu diretor, o inteligente Cyrus Field, pretendia cobrir todas as ilhas da Oceania por uma vasta rede elétrica, empreitada imensa e digna da genialidade americana.

À corveta *Susquehanna* tinham sido confiadas as primeiras sondagens. Durante aquela noite, do 11 ao 12 de dezembro, ela se encontrava a exatos 27° 7' de latitude norte e 41° 37' de longitude a oeste do meridiano de Washington.

A Lua, então no último quarto, começava a surgir acima do horizonte.

Após a partida do capitão Blomsberry, o tenente Bronsfield e alguns oficiais se reuniram no tombadilho. Quando a Lua apareceu, eles pensaram naquele astro, que os olhos de um hemisfério inteiro contemplavam no momento. Nem as melhores lunetas marinhas encontrariam o projétil errante ao redor do semiglobo, mas, ainda assim, todos se voltavam para o disco cintilante admirado por milhões de olhares ao mesmo tempo.

— Faz dez dias que partiram — disse o tenente Bronsfield. — O que será que aconteceu com eles?

— Chegaram, tenente — falou um jovem aspirante —, e estão fazendo o que qualquer viajante faz ao chegar em uma nova terra: estão passeando!

— Como foi você que disse, jovem amigo, não tenho dúvidas — respondeu o tenente Bronsfield, sorridente.

— Não podemos duvidar da chegada deles — acrescentou outro oficial. — O projétil deveria ter chegado à Lua quando estava cheia, à meia-noite do dia 5. Hoje é dia 11, então já faz seis dias. Ora, em seis ciclos de 24 horas, sem escuridão, há tempo para se instalarem com todo o conforto. Imagino nossos valentes compatriotas acampados no fundo de um vale, à beira de um riacho selenita, perto do projétil afundado, pela queda, em meio a escombros vulcânicos... O capitão Nicholl iniciando o nivelamento, o presidente Barbicane passando a limpo as anotações da viagem, Michel Ardan perfumando a solidão lunar com seu charuto...

— Deve ser, sim, bem assim! — exclamou o jovem aspirante, entusiasmado pela descrição ideal do superior.

— Quero acreditar — respondeu o tenente Bronsfield, nada exaltado. — Infelizmente, nunca teremos notícias diretas do mundo lunar.

— Perdão, tenente — disse o aspirante —, mas o presidente Barbicane não pode escrever?

Uma gargalhada recebeu a resposta.

— Não me refiro a cartas — insistiu o rapaz, com vigor. — Os correios não trabalham lá.

— Os telégrafos trabalham, então? — perguntou um dos oficiais, irônicos.

— Também não — respondeu o aspirante, sem se desconcertar. — Mas é facílimo estabelecer uma comunicação gráfica com a Terra.

— Como?

— Por meio do telescópio de Longs Peak. Sabemos que ele aproxima a Lua a apenas duas léguas das Montanhas Rochosas, e que permite enxergar, na superfície, objetos de nove pés de diâmetro. Ora! Que nossos amigos espertos construam um alfabeto gigantesco! Que escrevam palavras de cem toesas e frases de uma légua, para nos dar notícias!

O jovem aspirante, que tinha certa criatividade, foi recebido com palmas ruidosas. O tenente Bronsfield admitiu que a ideia era possível. Acrescentou que, pelo envio de raios luminosos agrupados em feixes por espelhos parabólicos, também havia como estabelecer comunicação direta; na realidade, esses raios seriam tão visíveis na superfície de Vênus ou Marte quanto o planeta Netuno é da Terra. Ele concluiu ao dizer que pontos brilhantes já observados em planetas próximos poderiam, inclusive, ser sinais dirigidos à Terra. Porém, observou que, enquanto, por esse meio, era possível receber notícias do mundo lunar, o mesmo não valia para transmitir notícias terrestres, a menos que os selenitas tivessem à disposição instrumentos adequados para observações distantes.

Parece que vejo.

— É evidente — concordou um dos oficiais —, mas o que nos interessa é, sobretudo, o que aconteceu com os viajantes, o que eles fizeram, o que viram. Além do mais, se a experiência teve sucesso, do que não duvido, a repetiremos. O canhão ainda está incrustado na Flórida. Portanto, é só questão de projétil e pólvora, e, sempre que a Lua passar pelo zênite, poderíamos enviar um carregamento de visitantes.

— É óbvio que J. T. Maston irá se reunir aos amigos um dia desses — respondeu o tenente Bronsfield.

— Se ele quiser, estou disposto a acompanhá-lo! — exclamou o aspirante.

— Ah! Não faltarão interessados — retrucou Bronsfield —, e, se deixarmos, metade dos habitantes da Terra logo migrarão para a Lua!

A conversa entre os oficiais do *Susquehanna* continuou até mais ou menos 1h. Nem imaginamos quantos sistemas atordoantes, quantas teorias espantosas bolaram aqueles marinheiros audaciosos. Desde o experimento de Barbicane, parecia que nada era impossível aos americanos. Eles já planejavam enviar às terras selenitas, não mais uma comissão de pesquisadores, mas toda uma colônia, e um exército inteiro, com infantaria, artilharia e cavalaria, para conquistar o mundo lunar.

À 1h, o içamento da sonda ainda não havia acabado. Faltavam 10 mil pés, o que ainda exigia várias horas de trabalho. Por ordem do comandante, a fornalha fora acesa, e a pressão já subia. O *Susquehanna* estaria pronto para partir no mesmo instante.

Naquele momento — à 1h17 —, o tenente Bronsfield estava se preparando para retirar-se da guarda e recolher-se na cabine, quando sua atenção foi atraída por um assobio distante e inusitado.

Ele e os camaradas, de início, acreditaram que o assobio fora causado por um escapamento de vapor. Porém, ao erguer a cabeça, constataram que o ruído vinha das camadas mais recuadas do ar.

Eles não tiveram tempo de questionar nada antes de o assobio assumir uma intensidade assustadora e, de repente, diante dos olhos chocados de todos, irromper um bólide enorme, em chamas devido à velocidade do percurso e ao atrito na camada atmosférica.

A massa flamejante cresceu a seus olhos, atingiu com o estrondo de um trovão o gurupés da corveta, que partiu na altura da roda de proa, e mergulhou nas ondas com um rumor ensurdecedor.

Por poucos pés o *Susquehanna* não naufragou inteiro.

Naquele instante, o capitão Blomsberry apareceu, parcialmente vestido, e se jogou no castelo da proa, pelo qual os oficiais tinham corrido.

— Licença, senhores, mas o que aconteceu? — perguntou.

E o aspirante, servindo de eco de todos, gritou:

— Comandante, "eles" voltaram!

Alguns pés mais perto...

21
O CHAMADO DE J. T. MASTON

Foi grande a emoção a bordo do *Susquehanna*. Oficiais e marujos esqueceram o perigo terrível que tinham corrido, a possibilidade de terem sido esmagados e naufragados. Só conseguiam pensar na catástrofe que concluía aquela viagem. A mais intrépida empreitada de todos os tempos, antigos ou modernos, custara a vida dos aventureiros audaciosos que a tinham arriscado.

"'Eles' voltaram!", dissera o jovem aspirante, e todos o entenderam. Ninguém duvidava que o bólide fosse o projétil do Gun Club. Quanto aos viajantes ali contidos, as opiniões variavam.

— Eles morreram! — decretou um.

— Ainda estão vivos — respondeu outro. — A água é profunda, e a queda foi amortecida.

— Mas acabou o ar, eles devem ter morrido asfixiados! — insistiu alguém.

— Ou queimados! — retrucou mais alguém. — O projétil estava incandescente ao atravessar a atmosfera.

— Dane-se! — responderam, unânimes. — Vivos ou mortos, precisamos tirá-los dali!

Enquanto isso, o capitão Blomsberry reunira os oficiais e, com sua licença, deliberava. Era preciso agir sem demora. O mais urgente era repescar o projétil. Operação difícil, mas não impossível. Porém, não havia na corveta a aparelhagem necessária, que deveria ser ao mesmo tempo potente e precisa. Portanto, decidiram conduzi-la ao porto mais próximo e informar o Gun Club da queda do projétil.

A decisão foi unânime. Discutiram, portanto, a escolha de porto. A costa vizinha não tinha ancoradouro algum no grau 27 de latitude. Mais acima, passando da península de Monterey, encontrava-se a cidade importante que lhe dera o nome. Porém, nos confins de um verdadeiro deserto, ela não tinha nenhuma conexão telegráfica com o interior, e apenas a eletricidade transmitiria a notícia urgente com a velocidade necessária.

Alguns graus mais acima se abria a baía de São Francisco. Pela capital da terra do ouro, seria fácil comunicar-se com o centro da União. Em menos de dois dias, o *Susquehanna*, a todo vapor, conseguira chegar ao porto de São Francisco. Portanto, era preciso partir sem demora.

O fogo estava aceso. Era possível dar a partida de imediato. Ainda restavam 2 mil braças de sonda no fundo. O capitão Blomsberry, que não queria perder aquele tempo precioso no içamento, decidiu cortar a corda.

— Prenderemos a ponta em uma boia, que nos indicará o ponto preciso da queda do projétil — propôs.

— E sabemos nossa posição exata — respondeu o tenente Bronsfield. — Estamos a 27° 7' de latitude norte e 41° 37' de longitude oeste.

— Muito bem, sr. Bronsfield — falou o capitão. — Faça-me um favor e corte a corda.

Jogaram ao mar uma boia forte, reforçada por um acoplamento de antenas. A ponta da linha foi presa ali com firmeza e, submetida apenas ao vaivém do marulho, a boia não deveria se afastar consideravelmente.

Naquele momento, o engenheiro avisou ao capitão que a pressão estava pronta para partir. O capitão agradeceu a excelente comunicação e marcou a rota a norte-nordeste. A corveta, disparando, se dirigiu a todo vapor para a baía de São Francisco. Eram 3h.

Para uma embarcação ágil como a *Susquehanna*, 220 léguas era pouco. Em 36 horas, atravessou o intervalo, e, no 14 de setembro, a 13h27, chegou à baía de São Francisco.

Ao ver aquele navio da marinha nacional chegar à toda, de gurupés quebrado e traquete escorado, a curiosidade pública foi atiçada sobremaneira. Uma multidão compacta logo se aglomerou no cais, aguardando o desembarque.

Após ancorar, o capitão Blomsberry e o tenente Bronsfield desceram em um bote armado de oito remos, que sem demora os transportou à terra.

Eles pularam no cais.

— O telégrafo! — exigiram, sem responder às mil perguntas que as pessoas lhe dirigiam.

O capitão do porto os conduziu em pessoa à agência telegráfica, em meio a um cortejo imenso de curiosos.

Blomsberry e Bronsfield entraram na agência enquanto a multidão se esmagava na porta.

Alguns minutos depois, uma missiva em quatro vias foi emitida: uma para o secretário da marinha, em Washington; uma ao vice-presidente do Gun Club, em Baltimore; uma ao honrado J. T. Maston, em Longs Peak, nas Montanhas Rochosas; e a última ao subdiretor do Observatório de Cambridge, em Massachussets.

A correspondência dizia o seguinte:

Por 20 graus 7 minutos de latitude norte e 41 graus 37 minutos de longitude oeste, neste 12 de dezembro, a 1h17, projétil do columbíade caiu no Pacífico. Enviem instruções. Blomsberry, comandante Susquehanna.

Cinco muitos depois, toda a cidade de São Francisco sabia da novidade. Antes das 18h, os estados da União inteiros eram informados da catástrofe suprema. Após a meia-noite, pelo telégrafo, a Europa toda sabia do resultado do grande experimento americano.

Abriremos mão de descrever o efeito causado no mundo inteiro pelo desfecho inesperado.

Ao receber a correspondência, o secretário da marinha enviou ao *Susquehanna* a ordem de aguardar na baía de São Francisco, sem apagar a fornalha. A embarcação deveria estar pronta para partir dia ou noite.

O observatório de Cambridge se reuniu em sessão extraordinária e, com a serenidade que distingue as sociedades acadêmicas, discutiu tranquilamente o aspecto científico da questão.

No Gun Club, foi uma explosão. Os artilheiros todos se reuniram. Precisamente, o vice-presidente, o honrado Wilcome, lia a transmissão prematura na qual J. T. Maston e Belfast anunciavam que o projétil acabara de ser visto no refletor gigantesco de Longs Peak. Essa correspondência informava, enfim, que a bala de canhão, retida pela atração lunar, servia de subsatélite no sistema solar.

Agora sabemos da verdade a esse respeito.

Quando chegou a missiva de Blomsberry, que contradizia formalmente o telegrama de J. T. Maston, formaram-se dois partidos no seio do Gun Club. De um lado, aquele de quem admitia a queda do projétil e, portanto, a volta dos viajantes. Do outro, aquele dos que, fiéis à observação e Longs Peak, concluíam que ocorrera um equívoco do comandante do *Susquehanna*. Para estes últimos, o suposto projétil era um mero bólide e nada mais, um meteorito que, na queda, rompera a proa da corveta. Não se sabia bem o que responder a tal argumento, pois era provável que a velocidade da queda tivesse impedido uma observação mais precisa do objeto. O comandante do *Susquehanna* e seus marinheiros certamente poderiam estar enganados, sem má fé. Entretanto, um argumento se revelava favorável aos navegantes: que, se o projétil caísse, seu encontro com o esferoide terrestre só poderia ocorrer naquele grau 27 de latitude norte e — considerando o tempo percorrido e o movimento de rotação da Terra — entre os graus 41 e 42 de longitude oeste.

De qualquer modo, a decisão unânime no Gun Club foi que o outro irmão Blomsberry, Bilsby e o major Elphiston viajariam sem delongas a São Francisco e aconselhariam quanto ao método para resgatar o projétil das profundezas do oceano.

Esses homens dedicados partiram no mesmo instante, e a ferrovia, que em breve deveria atravessar todo o centro do país, os conduziu a St. Louis, onde lhes aguardavam ágeis diligências dos correios.

Quase no mesmo instante em que o secretário da marinha, o vice-presidente do Gun Club e o subdiretor do Observatório receberam a correspondência de São Francisco, o honrado J. T. Maston sentia a emoção mais violenta de toda sua existência, uma emoção que nem o disparo de seu célebre canhão lhe causara, e que, mais uma vez, quase lhe custou a vida.

Lembremos que o secretário do Gun Club viajara alguns instantes depois do projétil — e quase na mesma velocidade — para o posto de Longs Peak nas Montanhas Rochosas. O pesquisador J. Belfast, diretor do Observatório de Cambridge, o acompanhava. Chegando à estação, os dois amigos tinham se instalado em definitivo, sem jamais se afastar do cume do imenso telescópio.

Sabemos que esse instrumento gigantesco fora construído nas condições dos refletores chamados de *front view* pelos ingleses. Essa disposição fazia com que os objetos passassem por apenas um reflexo, e, por consequência, tornava a imagem mais clara. O resultado era que J. T. Maston e Belfast, para observar, se posicionavam na parte superior do instrumento e não na inferior. Eles chegavam ali por uma escada em caracol, do ápice da leveza, e abaixo deles se abria um poço de metal que terminava no espelho metálico, com 280 pés de profundidade.

Ora, era naquela estreita plataforma montada acima do telescópio que os dois estudiosos passavam a vida, praguejando contra o dia que escondia a Lua de seus olhos e as nuvens que insistiam em cobri-la durante a noite.

Que alegria sentiram, então, quando, após dias de espera, na noite de 5 de dezembro, viram o veículo que levava os amigos ao espaço! A tal alegria seguiu-se uma profunda decepção, pois, confiando em observações incompletas, transmitiram o primeiro telegrama mundo afora com a afirmação errônea de que o projétil se tornara um satélite de Lua, gravitando em órbita imutável.

Desde então, o objeto não aparecia mais à vista deles, um desaparecimento perfeitamente explicável pois passava por trás do disco invisível. Porém, quando deveria ressurgir na área visível, imaginemos a impaciência do fervoroso J. T. Maston e de seu companheiro, igualmente inquieto! A cada minuto da noite, eles acreditavam que veriam o projétil, mas não viam! Dali, entre eles, brotaram discussões incessantes e brigas violentas. Belfast afirmava que o projétil não era mais aparente, e J. T. Maston insistia que "estava bem ali!".

— É o projétil! — declarou J. T. Maston.

— Não! — respondeu Belfast. — É uma avalanche em uma montanha lunar!

— Bom! Amanhã o veremos.

— Não, não o veremos mais! Ele se perdeu no espaço!

— Veremos, sim!

— Não veremos, não!

Ele tinha desaparecido.

Naqueles momentos em que as interjeições eram arremessadas como chuva de granizo, a conhecida irritabilidade do secretário do Gun Club representava perigo permanente para o honrado Belfast.

Essa existência em dupla logo se tornaria impossível; porém, um acontecimento inesperado interrompeu as discussões eternas.

Durante a noite do 14 ao 15 de dezembro, os dois amigos irreconciliáveis estavam ocupados com a observação da superfície lunar. J. T. Maston xingava, como de costume, o estudado Belfast, que também se exaltava. O secretário do Gun Club sustentava, pela milésima vez, que tinha acabado de ver o projétil, acrescentando inclusive que o rosto de Michel Ardan aparecera em uma das janelas. Ele acrescia ao argumento uma série de gestos que o gancho temível tornava bem preocupantes.

Naquele momento, às 22h, o criado de Belfast surgiu na plataforma e lhe entregou uma correspondência. Era o telegrama do comandante do *Susquehanna*.

Belfast rasgou o envelope, leu e gritou.

— Oi? — perguntou J. T. Maston.

— O projétil!

— O que foi?

— Caiu na Terra!

Um novo grito, dessa vez um verdadeiro berro, foi a resposta.

Ele se virou para J. T. Maston. O infeliz, imprudentemente debruçado no tubo de metal, desaparecera no fundo do imenso telescópio. Uma queda de 280 pés! Belfast, desesperado, correu até o orifício do refletor.

Ele respirou fundo. J. T. Maston, pendurado pelo gancho de metal, se agarrava a uma das escoras que sustentavam o afastamento do telescópio. Ele soltava urros impressionantes.

Belfast chamou por socorro, e seus assistentes vieram acudir. Instalaram cábreas e, com dificuldade, içaram o imprudente secretário do Gun Club.

Ele ressurgiu, sem mais acidentes, no orifício superior.

— Nossa! — exclamou. — Imagine se eu tivesse quebrado o espelho!

— Teria que pagar — respondeu Belfast, sério.

— E aquela maldita bala caiu? — perguntou J. T. Maston.

— No Pacífico!

— Vamos lá.

Meros quinze minutos depois, os dois já desciam a encosta das Montanhas Rochosas, e, após dois dias, chegavam a São Francisco ao mesmo tempo que os amigos do Gun Club, tendo esgotado cinco cavalos no caminho.

Elphiston, o outro Blomsberry e Bilsby correram até eles quando chegaram.

— O que faremos? — perguntaram.

— Recuperaremos o projétil, o mais rápido possível! — respondeu J. T. Maston.

22

O RESGATE

O lugar onde o projétil afundara na água era conhecido com exatidão. O que faltava era instrumentos para capturá-lo e trazê-lo de volta à superfície. Era preciso inventá-los e fabricá-los. Os engenheiros americanos não se deixariam deter por tão pouco. Encaixando os ganchos e com auxílio do vapor, era garantido que ergueriam o projétil, apesar do peso, que, na realidade, diminuía na densidade do líquido em que mergulhara.

Porém, não bastava pescar o projétil. Era preciso agir com prontidão para salvar os viajantes. Ninguém duvidava de que estivessem vivos.

— Sim! — insistiu J. T. Maston sem cessar, com uma confiança que conquistava a todos. — Esses nossos amigos são astutos e não podem ter caído assim, feito imbecis. Eles estão vivos, vivíssimos, mas é preciso agir rápido para encontrá-los ainda nesse estado. O que me preocupa não é a comida, nem a água! Isso eles têm de sobra. Mas o ar, o ar... Ele, sim, acabará em breve. Então corram, corram!

E correram. O *Susquehanna* foi apropriado para a nova função. As máquinas potentes da embarcação foram colocadas a dispor das correntes de içamento. O projétil de alumínio pesava apenas 19.259 libras, peso muito inferior àquele do cabo transatlântico que fora levantado em condições semelhantes.

A única dificuldade, portanto, era agarrar o objeto cilíndrico-
-cônico, cuja superfície lisa dificultava o engate.

Para esse fim, o engenheiro Murchison, tendo corrido a São Francisco, instalou ganchos enormes de um sistema automático que não deveria soltar o projétil, desde que conseguisse pegá-lo nas garras poderosas. Também preparou escafandros que, impermeáveis e resistentes, possibilitariam que os mergulhadores enxergassem o fundo do mar. Além disso, embarcou no *Susquehanna* aparelhos de ar comprimido projetados com muita inventividade. Eram verdadeiras câmaras, atravessadas de janelas, que a água, introduzida por certos compartimentos, podia arrastar a profundezas consideráveis. Existiam aparelhos assim em São Francisco, onde serviram à construção de uma represa submarina. Era muita sorte, pois não havia tempo para construí-los.

Entretanto, apesar da perfeição dos aparelhos e da engenhosidade dos especialistas encarregados de utilizá-los, não havia garantias para o sucesso da operação. As chances eram incertas, pois era preciso pescar o projétil a 20 mil pés submarinos! Além do mais, mesmo que o projétil voltasse à superfície, como os viajantes teriam suportado o choque terrível que 20 mil pés d'água talvez não houvessem bastado para amortecer?

Enfim, era preciso agir com a maior rapidez. J. T. Maston pressionava dia e noite os operários. Ele próprio estava disposto a vestir o escafandro ou experimentar os aparelhos de ar comprimido para avaliar a situação dos amigos corajosos.

Contudo, apesar de toda a dedicação à confecção dos diversos apetrechos, apesar dos recursos consideráveis colocados à disposição do Gun Club pelo governo do país, passaram-se cinco dias demorados, cinco séculos, até a conclusão dos preparativos. No meio-tempo, a opinião pública se exaltara ao máximo. Telegramas eram incessantemente trocados pelo mundo todo pelos fios e cabos elétricos. O resgate de Barbicane, Nicholl e Michel Ardan era assunto internacional. Todos os povos que tinham dado apoio financeiro ao Gun Club mostravam interesse direto na recuperação dos viajantes.

Por fim, as correntes de içamento, as câmaras de ar, os ganchos automáticos foram embarcados no *Susquehanna*. J. T. Maston, o engenheiro Murchison e os emissários do Gun Club já ocupavam as cabines. Faltava apenas partir.

Às 20h de 21 de dezembro, a corveta disparou pelo mar agradável, com uma brisa de nordeste e um frio bastante forte. Toda a população de São Francisco se aglomerava no cais, emocionada, mas calada, reservando os vivas para a volta.

O vapor foi levado à tensão máxima, e a hélice do *Susquehanna* o afastou da baía rapidamente.

Não há por que relatar as conversas entre os oficiais, os marujos, os passageiros. Esses homens todos pensavam em uma só coisa. Esses corações todos vibravam com uma só emoção. Enquanto corriam para salvá-los, o que faziam Barbicane e seus companheiros? O que acontecia com eles? Estariam tentando alguma manobra audaciosa para conquistar a liberdade? Ninguém sabia. A verdade era que todos os recursos estavam esgotados! Imersos a duas léguas, a jaula de metal desafiava os esforços dos prisioneiros.

Às 8h de 23 de dezembro, após uma travessia ágil, o *Susquehanna* deveria chegar ao local do acidente. Foi preciso aguardar o meio-dia para obter um levantamento exato. A boia atada à corda da sondagem ainda não fora encontrada.

Ao meio-dia, o capitão Blomsberry, auxiliado pelos oficiais que acompanhavam a observação, calculou a posição diante dos emissários do Gun Club. Houve um momento de ansiedade. Determinou-se que o *Susquehanna* estava a oeste, a poucos minutos do local onde o projétil desaparecera debaixo d'água.

Ajustaram a direção da corveta para alcançar aquele ponto preciso.

Quando o relógio bateu 12h47, avistaram a boia. Ela estava em estado perfeito, e devia ter derivado pouco.

— Até que enfim! — exclamou J. T. Maston.

— Vamos começar? — perguntou o capitão Blomsberry.

— Sem perder um segundo — respondeu J. T. Maston.

Todas as precauções foram tomadas para manter a corveta em imobilidade quase absoluta.

Antes de tentar agarrar o projétil, o engenheiro Murchison quis confirmar a posição dele no fundo do oceano. Mandou abastecer de ar os aparelhos submarinos, destinados a tal investigação. O manejo daqueles aparelhos não era livre de riscos, pois, a 20 mil pés abaixo da superfície, sob pressão tão considerável, eles ficam suscetíveis a rupturas de consequências terríveis.

J. T. Maston, o irmão Blomsberry e o engenheiro Murchison, sem se importar com o perigo, se posicionaram nas câmaras de ar. O comandante, na passarela, presidia a operação, pronto para interromper ou içar as correntes em resposta a qualquer sinal. Desligaram a hélice, para que toda a força das máquinas no cabrestante pudesse se dedicar a trazer de volta os aparelhos sem demora.

A descida começou às 13h25, e a câmara, levada pelos reservatórios de água, sumiu sob a superfície.

A preocupação dos oficiais e dos marujos a bordo era dividida entre os prisioneiros do projétil e os prisioneiros do aparelho submarino. Quanto a estes últimos, estavam absortos, grudados às janelas, observando com toda a atenção a massa líquida que atravessavam.

A descida foi rápida. Às 14h17, J. T. Maston e os companheiros chegaram ao fundo do Pacífico. Porém, não viram nada além do árido deserto, que não era mais movimentado por fauna nem flora marinha. Sob a luz das lanternas munidas de refletores potentes, eles conseguiam observar as camadas de água sombrias em um raio bastante extenso, mas o projétil não aparecia.

A descida começou às 13h25.

A impaciência desses mergulhadores intrépidos é indescritível. O aparelho estava em contato elétrico com a corveta, então deram o sinal combinado, e o *Susquehanna* deslocou por uma milha a câmara suspensa a alguns metros acima do chão.

Eles exploraram, desse modo, toda a região submarina, a todo momento enganados por ilusões de ótica que lhes doíam no peito. Aqui, um rochedo, ali, uma saliência, lhe pareciam o projétil tão desejado; porém, logo reconheciam o erro e perdiam a esperança.

— Mas cadê eles? Cadê eles? — gritou J. T. Maston.

O pobre coitado chamava Nicholl, Barbicane e Michel Ardan aos berros, como se os infelizes amigos fossem capazes de escutá-lo ou respondê-lo naquele meio impenetrável!

A busca continuou nessas condições até o ar viciado do aparelho obrigá-los a subir.

O içamento começou por volta das 18h, e só terminou após a meia-noite.

— Até amanhã — disse J. T. Maston, pisando no convés.

— Sim — respondeu o capitão Blomsberry.

— Em outro lugar.

— Sim.

J. T. Maston ainda não duvidava do sucesso, mas os companheiros, não mais entusiasmados como nas primeiras horas, entendiam toda a dificuldade da empreitada. O que em São Francisco parecia fácil, ali, em pleno oceano, parecia quase impraticável. As chances de sucesso diminuíam consideravelmente, e só podiam pedir ao acaso que encontrassem o projétil.

No dia seguinte, o 24 de dezembro, apesar do cansaço da véspera, recomeçaram o trabalho. A corveta se deslocou alguns minutos ao oeste, e o aparelho, abastecido de ar, levou os mesmos exploradores de volta às profundezas do oceano.

O dia inteiro transcorreu em buscas infrutíferas. O leito do mar estava deserto. O dia 25 de dezembro não trouxe resultado algum. Idem para o 26.

Era um desespero. Só faziam pensar naqueles infelizes, presos no projétil havia 26 dias! Talvez, no momento, já sentissem os primeiros efeitos da asfixia, se é que tinham escapado dos perigos da queda! O ar se esgotava e, com ele, sem dúvida ia embora também a coragem, o moral!

— O ar, pode até ser — respondeu J. T. Maston, inabalável —, mas o moral, nunca.

No 28, após mais dois dias de busca, a esperança acabara por inteiro. Aquele projétil era um átomo na imensidão do mar! Era preciso desistir de encontrá-lo.

No entanto, J. T. Maston não queria nem ouvir falar de partir. Ele não estava disposto a abandonar o barco sem, no mínimo, recolher o túmulo dos amigos. Porém, o comandante Blomsberry não podia mais insistir e, apesar das reclamações do digno secretário, precisou dar ordens de içar as âncoras.

Às 9h do 29 de dezembro, o *Susquehanna*, voltado ao nordeste, retomou o trajeto da baía de São Francisco.

Eram 10h. A corveta se afastava aos poucos, como se a contragosto, do local da catástrofe, quando o marujo que observava o mar do alto do joanete gritou de repente:

— Uma boia de lado sob o vento a nosso favor.

Os oficiais olharam no sentido indicado. Com as lunetas, reconheceram que o objeto tinha, realmente, a aparência das boias utilizadas para balizar os passos de baías ou rios. Porém, havia um detalhe peculiar: uma bandeira esvoaçava ao vento, despontando do topo do cone, do qual emergia a cinco ou seis pés acima. A boia reluzia sob os raios de sol, como se fabricada de placas de prata.

O comandante Blomsberry, J. T. Maston e os emissários do Gun Club tinham subido à passarela e examinavam o objeto que vagava a esmo nas ondas.

Todos olhavam com ansiedade febril, mas em silêncio. Ninguém ousava formular a ideia que ocorria a todos.

A corveta chegou a menos de quatrocentos metros do objeto.

Um calafrio percorreu a tripulação.

Era a bandeira americana!

"Tudo branco."

Naquele momento, um verdadeiro rugido se ouviu. Era o corajoso J. T. Maston, que desabara com tudo. Esquecendo que seu braço direito era substituído por um gancho de ferro e seu crânio, por uma calota de borracha, ele dera em si próprio uma pancada inacreditável.

Correram para acudi-lo. Levantaram-no e o reavivaram. E quais foram suas primeiras palavras?

— Ah, três vezes brutamontes! Quatro vezes idiotas! Cinco vezes otários que fomos!

— O que houve? — gritaram a seu redor.

— O que houve?

— Diga logo.

— Houve, seus imbecis — berrou o impressionante secretário —, que o projétil pesa apenas 19.250 libras!

— E daí?

— E daí que ele desloca 28 toneladas, ou seja, 56 mil libras, e, por consequência, está *boiando*!

Ah! Que destaque aquele homem digno deu ao verbo "boiar"! Era verdade! Todos, sim! Todos aqueles especialistas tinham esquecido aquela lei fundamental: devido à sua leveza, o projétil, após afundar ao piso do oceano carregado pela queda, naturalmente voltara à superfície! Ele flutuava tranquilo, à deriva das ondas...

Jogaram as embarcações ao mar. J. T. Maston e seus amigos se jogaram atrás. A emoção chegava ao auge. O coração de todos acelerava à medida que os botes se aproximavam do projétil. O que conteria? Vivos ou mortos? Vivos, sim! Vivos, a não ser que a morte tivesse encontrado Barbicane e os dois amigos depois de içarem aquela bandeira!

O silêncio profundo reinava nas embarcações. O coração de todos vibrava. Os olhos mal enxergavam. Uma das janelas do projétil estava aberta. Alguns pedaços de vidro, ainda presos na borda, provavam que fora quebrada. Aquela janela se encontrava, no momento, cinco pés acima do nível da água.

Um dos botes chegou: o de J. T. Maston, que se aproximou com pressa do vidro quebrado...

No mesmo instante, ouviu-se uma voz alegre e clara, a voz de Michel Ardan, que exclamava com um tom vitorioso:

— Tudo branco, Barbicane, tudo branco!

Barbicane, Nicholl e Michel Ardan jogavam dominó.

23

EM CONCLUSÃO

Lembramos a imensa simpatia que acompanhou os três viajantes na partida. Se, no início da empreitada, tinham estimulado tamanha emoção no velho e no novo mundo, que entusiasmo os receberia na volta? Os milhões de espectadores que inundaram a Flórida não se jogariam aos pés dos aventureiros sublimes? As legiões de estrangeiros advindos de todos os cantos do mundo e reunidos nas terras americanas deixariam para trás a União sem rever Barbicane, Nicholl e Michel Ardan? Não, e a paixão ardente do público deveria responder em grau digno à grandeza da empreitada. Criaturas humanas que tinham deixado o esferoide terrestre e voltavam daquela estranha viagem ao espaço celeste não podiam deixar de ser recebidas como será o profeta Elias quando descer à Terra dos homens. Vê-los e então ouvi-los era o desejo de todos.

Tal desejo deveria ser realizado de pronto, em decisão quase unânime dos habitantes da União.

Barbicane, Michel Ardan, Nicholl, os emissários do Gun Club, que voltaram sem demora a Baltimore, foram recebidos com entusiasmo indescritível. Os diários de bordo do presidente Barbicane estavam prontos para a mídia. O *New York Herald* comprou o manuscrito por um valor ainda oculto, mas de ordem de grandeza sem dúvida nenhuma excessiva. Na realidade, durante a publicação do *Viagem até a Lua*, a tiragem do diário chegou a 5 milhões de exemplares. Três dias após a volta dos viajantes à Terra, sabiam-se os mínimos detalhes da expedição. Faltava apenas ver os heróis da empreitada sobre-humana.

A exploração de Barbicane e dos amigos ao redor da Lua permitira a verificação de diversas teorias aceitas a respeito do satélite terrestre. Os especialistas o tinham observado *de visu*, em condições únicas. Sabia-se, por fim, quais sistemas deveriam ser rejeitados ou admitidos quanto à formação do astro, sua origem e habitabilidade. Seu passado, seu presente e seu futuro tinham revelado os últimos segredos. Como protestar contra observadores atentos que analisaram a menos de quarenta quilômetros a curiosa montanha de Tycho, o sistema mais estranho da orografia lunar? O que retrucar aos estudiosos cujo olhar mergulhara no abismo do circo de Platão? Como contradizer os intrépidos que os acasos da viagem lançaram à face invisível do globo, que, até então, nenhum olho humano jamais vislumbrara? Era direito deles impor limites à ciência selenográfica que, até então, recompusera o mundo lunar como Cuvier, o esqueleto de um fóssil, e dizer: a Lua foi assim, um mundo habitável e habitado antes da Terra! A Lua é assim, um mundo inabitável e, agora, inabitado!

Para festejar a volta do mais ilustre membro e de seus dois companheiros, o Gun Club pensou em dar um banquete, mas um banquete digno daqueles vitoriosos, digno do povo americano, em tais condições que todos os habitantes da União pudessem participar diretamente.

Todos os pontos finais de ferrovias no país foram conectados entre si por trilhos suspensos. Então, em todas as estações, enfeitadas com as mesmas bandeiras e decoradas com os mesmos ornamentos, montaram mesas uniformemente servidas. Em determinadas horas, calculadas em sucessão e indicadas por relógios elétricos que marcavam o segundo no mesmo instante, a população foi convidada a sentar-se às mesas do banquete.

Durante quatro dias, de 5 a 9 de janeiro, os trens foram suspensos, como ocorre todo domingo nas ferrovias da União, e todos os caminhos ficaram livres.

Apenas uma locomotiva de alta velocidade, transportando um vagão de honra, teve o direito de circular, naqueles quatro dias, pelos caminhos de ferro dos Estados Unidos.

A locomotiva, equipada por um maquinista e um foguista, transportava, por graça ilustre, o honrado J. T. Maston, secretário do Gun Club.

O vagão era reservado ao presidente Barbicane, ao capitão Nicholl e a Michel Ardan.

Ao som do apito do maquinista, após os vivas, os obas e todas as onomatopeias de admiração da língua inglesa, o trem saiu da estação de Baltimore. Ele avançava na velocidade de oitenta léguas por hora. Porém, que velocidade era aquela, se comparada à que transportara os três heróis no disparo do canhão?

Assim, eles foram de cidade em cidade, encontrando a população à mesa pelo caminho, os saudando com as mesmas aclamações, os elogiando com os mesmos parabéns. Assim, percorreram o leste da União, a Pensilvânia, o Connecticut, o Massachussets, Vermont, o Maine e a Nova Brunswick; atravessaram o norte e o oeste por Nova York, Ohio, Michigan e Wisconsin; desceram o sul por Illinois, Missouri, Arkansas, Texas e Louisiana; correram sudeste afora, pelo Alabama e pela Flórida; subiram pela Georgia e pelas Carolinas; visitaram o centro pelo Tennessee, pelo Kentucky, pela Virgínia, e por Indiana; então, após passar por Washington, voltaram a Baltimore e, naqueles quatro dias, puderam acreditar que os Estados Unidos da América, à mesa de um único e imenso banquete, os celebravam em simultâneo com as mesmas exclamações!

A apoteose era digna dos três heróis que a fábula elevou ao patamar de semideuses.

A apoteose era digna.

E agora, essa tentativa sem precedentes nos anais das viagens levará a algum resultado prático? Será que um dia estabeleceremos contato direto com a Lua? Fundaremos um serviço de navegação espacial, que percorrerá o sistema solar? Iremos de planeta em planeta, de Júpiter a Mercúrio, e, depois, de estrela a estrela, da Polar a Sirius? Um meio de transporte possibilitará a visita àqueles sóis que fervilham no firmamento?

Para essas perguntas, não temos resposta. Porém, conhecendo a engenhosidade audaciosa da linhagem anglo-saxônica, ninguém se surpreenderá de saber que os americanos tentaram se aproveitar da experiência do presidente Barbicane.

Portanto, um pouco depois da volta dos viajantes, o público acolheu com ânimo agudo os anúncios de uma sociedade limitada, com capital de giro de 100 milhões de dólares, dividida em 100 mil ações de mil dólares cada, sob o nome de Sociedade Nacional de Comunicação Interestelar. Presidente, Barbicane; vice-presidente, capitão Nicholl; secretário administrativo, J. T. Maston; diretor de movimento, Michel Ardan.

E, como é típico do temperamento americano prever de tudo em questão de negócios, inclusive a falência, o honrado Harry Troloppe, juiz comissário, e Francis Dayton, síndico, foram nomeados de antemão!

SOBRE O AUTOR

Jules Verne nasceu em Nantes, na França, em 1828. Foi para Paris para estudar Direito, mesma profissão do pai, e lá se apaixonou por literatura e teatro. Em 1863, Verne teve o primeiro livro publicado, *Cinco semanas em um balão*, que rapidamente virou um best-seller. Depois do acontecimento, o francês passou a dedicar-se apenas à literatura e escreveu mais de setenta livros ao longo de quarenta anos. Entre suas obras mais conhecidas estão *Viagem ao centro da Terra* (1864), *Da Terra à Lua* (1865), *Vinte mil léguas submarinas* (1870) e *Volta ao mundo em oitenta dias* (1873).

TIPOGRAFIA: Media77 - texto
Uni Sans - entretítulos
PAPEL: Pólen Natural 70 g/m² - miolo
Couché 150 g/m² - capa
Offset 150 g/m² - guardas

IMPRESSÃO: Ipsis Gráfica
Fevereiro/2025